ANONIMIANA
OU
MELANGES
DE
POESIES, D'ELOQUENCE.
ET D'ERUDITION.

A PARIS;

Chez NICOLAS PEPIE, ruë S. Jacques,
proche la Fontaine S. Severin, au
grand faint Bafile.

M. DCC.
AVEC PRIVILEGE DV ROY.

PREFACE.

Malgré la petite fortune attachée à la profession des belles Lettres, il y aura toûjours des personnes qui s'y adonneront ; rien ne flatte plus délicatement l'esprit. Les hommes nés pour la societé, les cultiveront toute leur vie ; car elles en font les plus grands délices. Je ne dois pas beaucoup m'étudier à prouver ce que j'avance ; le grand nombre de ceux qui s'y appliquent, malgré le peu de gloire & de commoditez qu'ils en retirent, l'établit suffisamment ; surtout dans un

fiecle, où l'utile du temps paffé
eft devenu l'agréable de celui-
ci.

Il feroit plus difficile de dire
qui font les perfonnes qui de-
vroient s'y appliquer : tout le
monde n'y eft pas propre. Cet é-
tat même ne convient pas à tout
le monde ; il faut y avoir naturellement du penchant, naître
avec de la memoire, de la vivacité, de la juftefle, un peu
de fortune ; car le bel-efprit ne
la fait plus. O Philofophe de
mauvaife grace, quand on eft
pauvre.

Ceux même dont le merite eft
toûjours l'efclave de leur fortune, font toûjours fort au deffous
de ceque peut être il pourroient

PREFACE.

devenir : & quelque *sagacité* qu'ils aïent, ils ne sçauroient aller bien loin. Avec des talens naturels, il faut donc avoir dequoi entretenir une douce & laborieuse oisiveté; * mais il n'y a que les Dieux qui la procurent; & dans le siecle où nous sommes, il y a de ces Dieux moins que jamais; sans elle neanmoins on ne fait que ramper, *Patrum invalidi referunt jejunia nati*, a dit un bel-esprit, les productions se ressentent du besoin de leur Auteur : desorte qu'il vaut mieux ne rien faire, que de s'amuser à faire des riens.

Aprés ce préambule, on doit

* O melibe nobis hæc Deus otia fecit.

PREFACE.

s'attendre à ne trouver ici que
des pieces finies & d'une grande utilité; mais que cela soit dit
sans consequence, on ne fait
que rapporter ici plusieurs Ouvrages qui ont diverti une Compagnie où ils ont été lûs les uns
après les autres; on se propose de
donner aux particuliers le même
plaisir par ce Recüeil. C'est tout
ce qu'on peut leur promettre,
& le plus que l'on en puisse
attendre, si l'on ne réüssit pas,
qu'ils s'examinent ; peut être
cela ne viendra-t il pas tout à
fait des Ouvrages qu'on leur
presente, peut-être ne sera ce
pas aussi tout à fait la faute des
particuliers : Quoi qu'il en soit:
qu'on les lise; c'est tout ce qu'on

PREFACE.

en veut. Voïons seulement à leur donner un ordre qui les retire de la confusion où ils pourroient être.

TABLE

Des pieces contenuës dans ce
Livre.

TABLE.

TABLE.

TABLE.

Fin de la Table des pieces.

EXTRAIT DU PRIVILEGE
du Roy.

PAr Grace & Privilege du Roy, donné à Fontainebleau le 28. jour de Septembre 1679. Signé MIDY Il est permis à JACQUES COLLOMBAT Imprimeur Ordinaire de Madame la Duchesse de Bourgogne, d'imprimer ou de faire imprimer un Livre intitulé, *Anonimiana, ou Mélanges de Poësies, d'Eloquence & d'érudition,* &c. Par *** en un ou plusieurs volumes, marges & caracteres qu'il voudra choisir ; & deffenses sont faites à tous Libraires Imprimeurs, & autres personnes, de quelque qualité & condition qu'ils soient de l'imprimer ou faire imprimer ledit Livre, sous quelque prétexte que ce puisse être, même d'en vendre des exemplaires contrefaits, ou d'impression étrangere, sans la permission expresse & par écrit dudit Collombat ou de ses aïans causes ; le tout à peine de quinze cent livres d'amende, confiscation de tous les exemplaires contrefaits, & de tous dépens, dommages & interêts, ainsi qu'il est porté plus au long en l'original desdites Lettres de Privilege.

Registé sur le Livre de la Communauté des Imprimeurs & Libraires de Paris, conformément au Reglement. A Paris le 15. Novembre 1699.

C. BALLARD, *Syndic.*

Et ledit sieur Collombat a fait part du Privilege ci-dessus à Nicolas Pepie, Libraire à Paris, pour en joüir suivant l'accord fait entr'eux.

Achevé d'imprimer pour la premiere fois, le 15. Juillet 1700.

ANONIMIANA

ANONIMIANA

OU

MÊLANGES

DE POESIE, D'ELOQUENCE
& d'Erudition.

RISTE & Philante se trou-
verent ces jours derniers
dans une Assemblée, où l'on
fit lecture du discours suivant, sur Corneille - Tacite. Les
portraits que l'Auteur y a faits en-
gagerent la Compagnie à discourir de
l'histoire & de la politique des Empereurs Romains : mais comme rien
n'est suivi dans la plûpart des con-
versations ordinaires, & que ce se-

A

ıoit même en ôter tout l'agreable,
que de les affujettir aux premiers fujets que l'on y propofe , parce que
cela en ôteroit la liberté qui en
fait le premier ornement ; on y
parla de plufieurs autres ouvrages
d'efprit ; un fujet traité en profe
donnoit occafion à parler d'un autre
écrit en vers ; ainfi l'on s'enga-
gea infenfiblement les uns envers
les autres , à fe lire les piéces que l'on
auroit. Chacun prit fon jour pour faire
à la Compagnie lecture de la piéce
dont il avoit parlé , de forte que l'on
paffa agreablement plufieurs heures
de différens jours , où l'on lut ce qui
fuit.

DISSERTATION
SUR
CORNEILLE TACITE,
A
Mrs D. N. P. O.

Finirai je vos contestations, si je vous dis ce que je pense de Tacite? Vous m'en priés, comme si mon opinion devoit prévaloir à celle de tant de Sçavans qui ont écrit sur cette matiere , & que vous l'attendissiés comme un arrest qui dùt vous regler. Quelque honneur qui me revienne de vôtre deférence à mes jugemens, je ne sçaurois surprendre l'amitié de mes amis , par la bonne opinion qu'ils ont de moi ; je ne suis ni si habile que vous me faites, ni si judi-

cieux que ceux qui m'ont precedé :
Ce n'eſt pas que je ne me flate d'être
capable de juger d'un ouvrage, & d'en
pouvoir dire mon ſentiment avec
quelque ſorte de juſteſſe : mais pour
décider en maîte, & pretendre ſoû-
mettre tout le monde à mon opinion,
c'eſt à quoi je ne puis ni ne dois ſon-
ger en aucune maniere. Dans les
choſes arbitraires où l'on peut avoir
un ſentiment particulier, il eſt permis de diſputer. Je ne ſuis pas comme
ces tyrans qui ne parlent que pour
être obéïs, & encore moins comme
ces grands hommes qui ſçavent donner à leurs paroles un caractere
d'autorité qui impoſe & qui les
fait reſpecter ; je defere au ſentiment des ſçavans : mais je veux avoir
la liberté d'examiner ce qu'ils me diſent, de rejetter ce qui ne m'en
plaît pas, comme d'aplaudir à ce que
j'approuve ; en cela je n'impoſe à
perſonne la neceſſité de me croire,
au contraire, je me trouve mieux

de la critique quand elle est rai-
sonnable, que je ne suis flatté
par des loüanges qui pourroient
n'être pas toûjours sinceres. De cette
maniere je puis vous écrire mon
sentiment sur Tacite. Quoique plusieurs habiles en aient écrit, ils
n'ont pas dit tout ce que j'en aurois
voulu sçavoir, ni tout ce qu'il y en a
peut-être à dire.

Peut-être aussi que trop de scrupule dans leurs recherches en auroit
banni l'agreable en les rendant plus
étenduës, & que moins de liberté
dans leurs lectures les auroit bor-
nés à un seul Historien, ou à un
seul livre. Semblables en quelque façon à ces habiles voyageurs, à qui
la curiosité a fait parcourir toute la
terre; ils se sont contentés de voir
& d'en dire les principales choses
de chaque partie, pendant que de
moins entendus avec le même dessein, se sont arrêtez au détail, & retenus au milieu de leurs courses par

A iij

de simples puerilités.

Cependant nous sommes obligés de
nos lumieres aux uns & aux autres.
Les amusemens de ceux-cy nous ont
donné une connoissance plus inti-
me des choses, la rapidité de ceux-
là nous en a apporté une plus étenduë.

Quoi que je ne fasse donc, à proprement parler, que suivre ce qu'on
a déja dit de Tacite ; mes remarques ne seront pas tout-à-fait
inutiles à ceux que la prévention
ou l'autorité n'auront pas encore
surpris.

Ainsi je croi que le goût des sçavans sur son stile a plus decidé de
son merite que leurs lumieres.
Emportés par l'interêt de leur parti, ils se sont vûs dans la necessité
de le défendre, & ont plus fait
pour leur panchant que pour la justice. * Les uns d'un esprit trop
profond en passant du stile aux cho-

* M. le Vayer, M. d'Ablancourt.

ſes, ont loüé ſa maniere d'écrire obſcure, prétendant qu'elle fût accommodée aux affaires ſecrettes de la Republique, dont les cauſes ne devoient pas être connuës à tout le monde. * Les autres d'un caractere plus naturel & plus ſevere l'ont blâmée, & ne ſe ſont quelquefois portés à l'extremité que pour s'excuſer de rendre raiſon des choſes qu'ils n'entendoient peut-être pas aſſés.

Quoi qu'il en ſoit, je trouve un milieu qui me ſemble plus honnête & moins éloigné de la verité. Tacite parloit bien latin, mais trop obſcurement pour ce qu'il a voulu écrire. Sa diction dure & reſſerrée pourroit être priſée ailleurs que dans une Hiſtoire, où tout doit être clair & bien établi, où l'éloignement des faits, leur diverſité, les époques & les changemens toûjours conteſtés la rendent obſcure d'elle-même, ſans que le ſtile ſoit de la partie.

* Alciat & FErret.

A iiij

Ainfi n'en déplaife à M. de la
Motte-le-Vayer , trop de lumiere
l'a rendu aveugle partifan de nôtre Auteur. * Ce n'eft pas une bonne
autorité pour excufer fa diction, que
deux grands hommes qui ont excel-
lé dans un autre genre d'écrire, &
dans une autre Langue, fa latinité
pour avoir trop de ce fublime, que
les Grecs appellent δεινοτες n'eft
pas intelligible en bien des endroits;
& encore un coup, c'eft mal prendre fon parti que de lui donner en
latin Tucidide & Demofthene pour
modeles. Les Langues ne font pas
feulement differentes dans leurs
idiomes & dans leurs accens ; elles
ont leurs periodes , leurs expreffions
& leurs phrafes particulieres qui les
diftinguent. Ciceron même plus doux
& plus naturel que ces Auteurs
Grecs, quoi qu'original inimitable,
ne feroit pas un bon garant d'une
diction Françoife qui auroit le mê-

* Refutation des raifons de M. de la Mothe-le-Vayer.

me tour de son Latin.

C'est donc un abus de prétendre que la maniere d'écrire de Tacite puisse se rendre recommandable; s'il y a des vins estimés par un peu d'amertume, ils le sont par une bonne qualité : mais une maniere d'écrire dure & scabreuse n'acquit jamais de reputation à une Histoire. Bien loin d'élever l'esprit à de plus grandes connoissances, comme le pretend ce Sçavant, elle l'embarrasse & le rebute. Diroit-on, par exemple, que Cesar se fût attiré plus d'attention s'il avoit été plus obscur & moins naturel ? N'éleve-t-il pas l'esprit jusques à ses pensées, qui doivent toûjours être dans la lecture de son Histoire, la juste borne des nôtres ; au lieu que dans une maniere d'écrire obscure, l'esprit du lecteur se promene où il lui plaît, quand il ne se lasse pas, & se forge des imaginations qui n'ont souvent aucune justesse, ni aucune propor-

tion avec les chofes. Cefar par fa
netteté le reduit au natutel, & ne
laiffe jamais à fouhaiter plus de lumiere dans les actions qu'il a dé-
crites.

Ce ne peut donc pas être, encore
une fois, le ftile de Tacite qui l'a
rendu recommandable ; c'eft mal
défendre fes interefts que de s'attacher à le loüer par le plus confiderable de fes défauts. * Tacite étoit
un habile politique, & encore un
plus judicieux écrivain ; il a tiré des
confequences fort juftes fur les évenemens des Regnes dont il a fait
l'hiftoire, & il en a fait des maximes
pour bien gouverner un Etat. Mais
s'il a donné quelquefois aux actions &
aux mouvemens de la Republique,
leurs vrais principes ; s'il en a bien
démêlé les caufes, il faut avoüer qu'il
a fouvent fupléé par trop de delicateffe & de penetration à celles
qui n'en avoient pas ; tant il eft

* Merite & Caractere de Tacite.

vrai que l'on se caracterise dans tout
ce que l'on fait ; & que l'Histoire
n'est jamais entre les mains qu'elle
doit être, lors que ceux qui se mêlent d'en écrire donnent pour la veritable cause de ce qu'ils ne con-
noissent pas ce qu'ils ont imaginé
de moins sensible & de plus caché
aux yeux du peuple ; il leur arrive souvent de faire d'un secret
particulier au Prince, une affaire
connuë à tout le monde, & c'est un
défaut si familier à Tacite, que j'o-
serois dire, apuïé d'ailleurs d'une infinité de bonnes raisons, que c'est
lui faire trop de grace que de le
regarder comme un Historien fort
exact, & qui a écrit selon les regles.

Je sçai que mon sentiment a quelque chose de trop hardi, & de trop
singulier pour être reçû. L'habitude
& la tradition où l'on est de lire &
de recevoir depuis long-temps les
écrits de Tacite, comme une histoire, les préjugés & le merite des

premieres impreſſions qu'il a faites
ne ſouffrent pas aiſément qu'on abandonne une opinion ſi univerſelle ; la
voix du public s'eſt declarée en ſa faveur , & l'envie de deviner l'a rendu même familier aux courtiſans ;
tout le monde regarde ſon Hiſtoire
comme la mieux écrite que nous
aïons ; cependant ſi l'on examine
quelles ſont les fonctions & le devoir d'un Hiſtorien , on n'aura
pas grande peine à entrer dans un
ſentiment, qui n'a de contraire à la
raiſon que la nouveauté.

Les plus ſçavants dans les regles
de l'hiſtoire diſent qu'elle doit avoir
un corps & une ame ; le corps de l'hiſtoire, ce ſont les actions & le recit des
choſes qui ſe ſont paſſées : l'ame c'eſt
l'eſprit qui les a animées, la cauſe qui
les a fait entreprendre, le caractere de
ceux qui ont agi , & les mobiles
qui les ont fait agir ; ils viennent
enſuite aux memoires, & ils diſent
que le choix en doit être ſage &

éclairé, que là un Historien se doit
lui-même tout entier à la verité &
à la distinction des faits, qu'il faut
qu'il renonce à son propre goût, &
qu'il neglige encore tous les orne-
mens étrangers qui n'apportent ni
plus de netteté dans les faits, ni
plus de connoissance des choses ca-
chées. Ils ajoûtent que le stile en
doit être aisé, facile & naturel,
qu'il faut que les narrations soient
suivies, les supputations exactes, &
les reflexions rares & toûjours cour-
tes; qu'elle doit être remplie des
faits du Prince, & des changemens
survenus dans son Etat pendant son
Regne, que les digressions étrangeres & les discours étudiés n'y sont
pas propres, & qu'ils en doivent
être toûjours bannis.

En effet, les raisonnemens sur les
affaires d'Etat n'appartiennent
qu'aux politiques, qui cherchent à
poser des maximes, ou aux Orateurs
qui aiment à s'étendre, & à dire

de belles phrases. Le devoir d'un Historien n'est precisément que de
rapporter des faits, & d'en marquer
les circonstances. En un mot son
Histoire doit être claire, correcte
& intelligible pour être dans l'ordre.

Or à examiner Tacite avec ses
regles, on ne pensera jamais qu'il ait
bien voulu écrire une histoire ; il est
aisé de remarquer avec les Sçavans,
qu'il abandonne souvent la suite de
ses narrations sans les reprendre,
pour se plaire trop, ou à décrire
une bataille, ou à faire faire des
Harangues à ses Heros. Touché lui-
même du merite qu'il a de si bien s'en
acquitter, il lui arrive quelquefois
de sortir de sa Contrée, pour ainsi
dire, & d'aller assez loin de là faire
des sorties sur des Terres étrangeres,
dans le seul plaisir d'en décrire les
beautés.

En quoi je trouve qu'il étoit plus
Orateur que toute autre chose, &

que fon deffein étoit moins de donner une Hiftoire fidelle & veritable,
que d'exercer fon éloquence par des
remarques favorables à fa delicateffe.

Dans un temps & parmi un peuple où l'art de bien dire faifoit une
partie confiderable du vrai merite
& de la vertu ; fans doute que ceux
qui étoient d'une naiffance plus illuftre, & d'une famille plus aifée,
s'attachoient davantage, ou à cul-
tiver les talens qu'ils y avoient, ou à
en acquerir pour les befoins. Perfonne n'étoit alors difpenfé d'une
occupation que la neceffité de fe défendre foi-même d'un crime, ou de
proteger un coupable donnoit fouvent à chaque particulier. Tout le
monde vouloit être éloquent dans
un temps où les prix, les dignités &
les trophées étoient deferés à l'Eloquence, où la raifon même d'un
établiffement & d'une meilleure fortune ; quelquefois de fecretes pre-
tentions à l'Empire étoient d'affez

naturelles follicitations de s'y adon-
ner. De forte que depuis l'Empereur
jufques au Soldat, depuis le Sena-
teur jufqu'au Peuple, tous fe portoient à une égale émulation de
bien dire. Tacite qui étoit naturellement ce que les autres tâchoient
de devenir, s'y trouvoit encore plus
engagé par le devoir de fes Charges,
& par fa propre inclination. Ses emplois qui lui donnoient une connoiffance plus étenduë des affaires, lui
fournifloient aufli une plus ample
matiere d'écrire : (car il a été pour
ainfi dire, dans tous les états de
la République.) Aufli peut-on voir
qu'il a choifi les actions les plus
delicates & les plus fufceptibles des
delicatefles de l'art ; Les Regnes
aufquels il s'eft principalement attaché dans fon Hiftoire n'en font
pas une petite preuve.

*Dans celui de Tibere, qui eft fans
conteftation fon chef-d'œuvre, & où

_____

* Caractere du Regne de Tibere felon Tacite.

il

il a le mieux réüffi, il y trouvoit une efpece de gouvernement plus accommodé au caractere de fon genie. Il aimoit, comme nous l'avons dit, à démêler les intrigues du cabinet, à en affigner les caufes, à donner des deffeins aux pretextes, & de la verité à de trompeufes apparences. Genie trop fubtil, il voit du myftere dans toutes les actions de ce Prince.

Une fincere déférence de fes deffeins au jugement du Senat, étoit tantôt un piége tendu à fon integrité, tantôt une delicate maniere d'en être le maître; mais toûjours l'art de le rendre complice de fes deffeins, & d'en avoir l'execution fans reproches.

Lors qu'il puniffoit des feditieux, c'étoit un effet de fa défiance naturelle pour les Citoiens, ou de legeres marques de colere répanduës parmi le peuple, pour difpofer les efprits à de plus grandes cruautés.

B

a Ici la contrarieté d'humeurs de deux Chefs, est un ordre secret de traverser la fortune d'un competiteur, & le moyen de lui enlever l'affection du Peuple.

Les dignités deferées au merite, étoient d'honnêtes voies d'éloigner un concurrent, ou de perdre un ennemi, & toûjours de fatales recompenses. En un mot tout est politique, le vice, & la vertu y sont également dangereux, & les faveurs aussi funestes que les disgraces. Tibere n'y est jamais naturel, il ne fait point sans dessein les actions les plus ordinaires aux autres hommes. Son repos n'est jamais sans consequence, & ses mouvemens embrassent toûjours plusieurs menées.

b Les vices de Caligula luy fournissoient aussi de justes sujets de déclamer. Son éloquence trouvoit à

a Pison & Germanicus.
b Caractere du Regne de Caligula.

se recréer dans la diversité des pein-
tures du vice, si fidelles & si inge-
nieuses, qu'il en a fait craindre la
lecture aux Princes par divers particuliers.

En effet, Tacite, bien loin d'inspirer de l'horreur pour les débauches
de Caligula, a mis tant d'art & de
délicatesse à les décrire, qu'elles piquent le goût, & l'excitent à chercher
ailleurs un plaisir qu'il pourroit n'avoir
pas encore trouvé à se satisfaire.

* La stupidité de Claudius ne lui
donnoit pas de moindres avantages.
Il avoit, pour ainsi dire, à rempla-
cer un Prince, & à remplir la Sou-
veraine dignité. Sçavant par les évenemens, il y brille dans les pesan-
teurs, & par l'ignorance de celui
qui gouvernoit. Il est sage de l'a-
neantissement de ses conseils, & judicieux par les mauvaises réüssites.
Instruit de tout, il s'y plaît à donner des instructions, à établir des

---

* Caractere du Regne de Claudius.

maximes, & à regler par les mauvais fuccés la conduite de l'Etat.

*Une cruauté ingenieufe à inven-
ter tous les jours de nouveaux fu-
plices fous l'Empire de Neron,
n'étoit pas moins favorable à l'éloquence de Tacite. Elle fupléoit en
quelque maniere à une de fes parties, & ne lui laiffoit que la peine
de bien écrire des faits, quelquefois outrés par la force de l'expreffion, & plus fouvent odieux par
l'horreur du crime.

Voilà de quelle maniere on veut
que Tacite fe foit acquitté d'une
Hiftoire. J'avouë qu'il promet àu
commencement de ce que nous avons
de lui, d'écrire les Regnes des quatre Empereurs, dont nous venons
de parler. Mais outre qu'il ne l'a
pas executé, il fe déclare encore
contre ceux de fes partifans, qui
pretendent juftifier fon choix, en
publiant que nous avons perdu

z Caractere du Regne de Neron.

..Histoire du Regne de Nerva * &
de Trajan, qui ont été les plus vertueux Princes qui ayent regné dans
Rome. On lui pardonneroit d'avoir
aussi legerement parcouru les Regnes
ausquels il a touché, s'il avoit entrepris une Histoire universelle de
Rome, ou de la Republique ; mais
c'est n'avoir pas donné à une Histoire particuliere sa veritable forme, que d'avoir negligé, & les par-
ticularités, & les circonstances.

Il ne devoit pas seulement marquer par quelle voie Tibere étoit
parvenu à l'Empire, il devoit encore
parler de son enfance, de ses pros-
perités & de son éducation ; la nature forme les Princes avec plus de
soin & de vigilance que les autres
hommes. Tout est grand chez eux,
prematuré ou digne de remarque.
Il en devoit par consequent tracer
jusques aux avantures particulieres,
& ne pas le placer tout d'un coup à

* Lipse.

l'âge de cinquante-cinq ans , à la tête de la Republique, par les menées d'une femme *a* imperieufe , haïe du Senat & du Peuple.

D'ailleurs, fe pourroit-t-il que fon évenement à l'Empire , par le meurtre du vrai fuccefleur d'Augufte, *b* fe fût paffé fans aucun remuëment, dans un temps , fur tout, que le peuple fatigué des maux de la guerre, & de la domination, ne fe faifoit pas un fcrupule de femer ouvertement des propos de liberté ?

Je penfe donc que Tacite n'a touché à l'Hiftoire que par occafion, & que fon but, comme je l'ai déja dit, n'étoit que d'exercer fon éloquence en differentes manieres ; & veritablement quoi qu'il faille être Orateur pour être bon Hiftorien, neanmoins l'art oratoire étoit le talent naturel de Tacite : & fans doute, il excelloit le plus en ce gen-

a Livie.
b Agrippa.

re, par lequel il étoit connu davantage.

Aussi Pline le jeune ne parle que
de son éloquence dans plusieurs de
ses Epitres, * tantôt il l'établit Juge
de celle du Barreau dans une contestation, tantôt il le prend pour mo-
dele de la sienne ; il le prefere aux
plus habiles Orateurs de son temps,
qui étoient en grand nombre. Il n'admire par tout que son art de bien
dire, & regarde comme un bonheur
d'être loüé par lui.

En effet, tout parle dans Tacite,
son caractere, & non pas celuy de
l'Histoire. Les actions y sont rares,
les digressions longues & frequentes, les negligences & les affecta-
tions trop marquées. C'est un Orateur qui cherche lui-même à s'a-
plaudir, qui tourne & qui manie
des faits differents à son avantage.
Tantôt c'est une armée en bataille
dont il décrit les mouvemens & la

*Ep. 20. l. 1. Ep. 1. l. 2. Ep. x. Ep. 13. l. 4. Ep. 20. *ibid.*

situation ; tantôt une fedition de
foldats , ou une revolte de peuples
nouvellement fubjugués , qu'il fait
appaifer par l'adreffe & la vehemen-
ce du difcours, ou étouffer par la
violence des armes. Trop heureux
s'il rencontre fouvent l'Empereur
dans le Senat y faifant des remontrances , ou y rendant grace de
quelques bienfaits.

Il n'y a pas jufques fous les tentes
au milieu d'un camp & d'une armée , que les mourans * ne faffent des
harangues avec la même délicateffe
& toute la prefence d'efprit, dont
un homme à fon aife eft capable de
faire dans fon cabinet ; il n'attend pas
même quelquefois, tant l'art de difcourir le domine , qu'un General d'armée foit à la tête de fes troupes pour
les haranguer; il lui fait écrire des ordres en Recteur, pleins d'antithe-
fes & de figures de Rethorique.

Mais c'eft affez parler de Tacite

* Germanicus.

&

& de son Eloquence , venons aux
idées qu'il donne de la vertu Ro-
maine , & en general à tout ce qu'on
en peut penser avec justice.

***

De l'Esprit & de la Vertu des Romains.

CE seroit peu pour les hommes,
si se trompans les uns les autres
dans leurs idées , ils pouvoient se ga-
rantir d'estre les dupes du temps ;
Mais il y a entre-eux une inclination pour le faux, que l'on n'oseroit
découvrir, & une tradition de respect
pour l'antiquité , qui va jusqu'à l'a-
veuglement & à la folie ; On ne dé-
mord point de ce que l'on a une fois
conçû d'elle , quoi que l'on sçache
que le temps & l'imagination gros-
sissent toûjours les objets, l'on conserve precieusement les idées qui en
restent ; & c'est sans doute tout l'a-

C

vantage qu'elle a fur nous. La prefence des chofes en diminuë le merite, & la renommée plus heureufe
que ceux qu'elle prône, acquiert
des forces en vieilliffant.

C'eft de la pofterité que nous devons attendre la nôtre ; appellons à
elle de l'injuftice de nôtre Siécle ;
elle fçait rendre à chacun le tribut
de gloire qui lui eft dû : le mal eft
que nous ajoûtons à la verité, &
que ne nous trouvans pas affés fa-
tisfaits de la réalité & du naturel
des chofes, l'imagination s'en fait des
idées fi magnifiques, que ce n'eft plus
elle, mais nôtre propre ouvrage que
nous admirons.

Pour bien juger de l'efprit & de
la vertu des Romains, commençons
donc par nous défaire des préventions ; banniffons de nôtre efprit tout
affujettiffement aux idées que nous
nous en fommes faits, & jugeons d'eux
par eux-mêmes fans refpect pour leur
antiquité & fans flaterie pour nôtre

amour propre. Il n'y a point de gens
qui trouvaſſent mieux leur compte
à les loüer que nous ſans preſomp-
tion; nous avons vû executer par nôtre Nation des choſes plus extraordinaires que celles qu'ils ont faites;
& ſi un Poëte de nos jours a fort
bien dit, que l'Hiſtoire de Loüis le
Grand rendoit celle de l'antiquité
digne de foi; ce qu'elle raconte des
grands Hommes qui ſont morts, &
des Romains mêmes, ne contribuë pas
moins à faire nôtre Eloge & à nous
mettre au deſſus d'eux; toutes com-
paraiſons à part, examinons ce qu'ils
étoient en eux-mêmes.

Tout le monde loüë, & c'eſt ſans
doute une choſe digne de loüange,
que cette auſterité de vertu qui
regna parmi les Romains dans les
premiers temps de la Republique:
Mais, comme l'a dit un bel Eſprit de
nos jours, cette vertu, bien loin d'a-
voir quelque choſe de mâle, & un
bon principe, tenoit de la ferocité, &

sentoit plûtôt la rudesse des pre-
mieresmœurs que la politesse des derniers temps.

En effet Romulus nourri dans la
guerre, reputé fils de Mars, bâtit
Rome, & la peupla de gens ramaf-
sés de part & d'autre, & à proprement parler, elle fut une azile ou-
vert à toutes sortes de personnes
corrompuës. Les esclaves & les ber-
gers y vinrent chercher la franchise
& la liberté dont ils ne joüissoient
point; les voleurs & les homicides,
l'impunité des crimes dont ils ne pouvoient fuir la vengeance; & tous ensemble furent unis par les mêmes
motifs qui les avoient assemblés. Tel
a été l'établissement de Rome.

Cette union qu'une commune inclination pour la vie entretenoit parmi ses Citoiens, la rendit d'abord redoutable. Elle fit dans cette esprit de concorde pour se mettre à
couvert de la haine de ses voisins,
des efforts qu'elle n'auroit pas fait
pour la gloire. Par-là ses peuples se

virent bien-tôt impunis & en poſſeſ-
ſion de la liberté que Romulus leur
avoit promis ſous ſes Enſeignes.

Mais comme l'impunité rend les criminels audacieux, aprés s'être aſſurés
contre la vengeance & les pourſui-
tes de la Juſtice, ils entreprirent
de violer ſes droits ; ils combattirent
au commencement par la neceſſité de défendre leur vie, qu'ils avoient
tant de fois mepriſée de perdre ;
ils attaquerent dans la ſuite tout
le monde par inclination de faire
du mal. Ils trouvoient dans l'âpreté de
leur temperament dequoi reſiſter à
la haine que la rudeſſe de leurs mœurs
leur attiroit ; dans leur penchant &
dans leur union dequoi entretenir la
crainte des maux qu'ils pouvoient
faire. Mais qu'eſt-ce que la force ſi elle
n'apuie ou ne défend la vertu ? ſi elle
n'eſt reglée ou conduite par la juſtice?

Donneroit-on, par exemple, le nom
de Victoire à une bataille gagnée
dans les circonſtances que les Ro-

mains soutinrent la premiere? ap-
pelleroit on du nom de vainqueurs
des combattans animés de leur efprit? Non fans doute, puifque la vraie
victoire eft celle que l'on gagne
premierement fur foi, ou que l'on
reçoit de la défaite du vice. Violer
les droits les plus facrés, ufurper
les plus legitimes, attaquer fans raifon, fe foutenir par l'injuftice, c'eft
renverfer non pas vaincre, c'eft détruire & non pas triompher, c'eft
être furieux & non pas vainqueurs.

Tels étoient cependant les Romains. Les brigandages qu'ils avoient
exercés avant que de fe réünir fous
un Chef, les avoient rendus infati-
gables & propres à la guerre; & leur
vie en ayant été une continuelle, il
leur fut d'autant plus difficile de
changer, qu'ils fortifierent par l'habitude, l'inclination naturelle qu'ils
y avoient.

Comme les criminels qui fe ren-
doient de toutes les contrées de la

terre fous les Enseignes de Romulus, en augmentoient de jour en jour
les forces, il fallut prevenir un mal
qui n'auroit pas manqué d'arriver
entre des troupes faites aux hosti-
lités & à la violence dés qu'elles
auroient manqué d'occupation. Romulus les emploia donc contre les
Etrangers, pour leur ôter le moien
de se nuire à elles mêmes.

De là la guerre contre Amulius, où
Romulus, par un principe de vengeance, fit une action digne d'estime. Il rétablit Numitor sur son
Trône , & en chassa Amulius
qui le lui avoit usurpé, & qu'il avoit
fait exposer sur le Tybre avec Romulus son frere. Le crime commen-
çant par-là à devenir heureux &
puissant , voulut tout soumettre
à ses Loix. Romulus aprés cette
victoire, bâtit Rome & fit proposer
aux Sabins son alliance; il leur demanda leurs filles en mariage pour
ses Citoiens.

Un Etat composé d'hommes seuls
alloit tomber par lui-même ; la condition attachée à la nature humaine, ne lui promettoit de subsister
qu'un certain temps. Il falloit des
femmes aux Romains pour perpe-
tuer leur Etat ; il leur falloit des
enfans, qui nourris dans leurs maximes, heritassent de leur courage & de leur dureté : mais personne
ne voulut s'allier à des hommes si
vicieux, en qui l'on ne remarquoit
aucun principe de vertu ; l'on ren-
voia donc leurs Ambassadeurs sans
les écouter. Ils auroient bien voulu se venger d'un tel affront par la
force, mais les circonstances du
temps ne le leur permettoient pas,
& il étoit dangereux de commettre l'honneur commun, & toutes les
forces d'un Etat naissant à la déci-
sion d'une bataille incertaine.

Si les Romains avoient attaqué sans
gagner la victoire, ils se couvroient
pour jamais, non seulement d'une

honte & d'un opprobre éternel ; mais ils se perdoient entierement. Il valoit donc mieux avoir recours à l'artifice, ce qu'ils firent ; ils preparerent toutes choses pour des jeux publies & des carousels, ils convierent ensuite les peuples voisins à y assister, & s'y étant tous rendus de bonne foi avec leurs familles, leurs filles y furent enlevées.

Les parens se voiant ainsi seduits, reprocherent aux Romains d'avoir violé le droit de l'hospitalité, & leurs déclarerent la guerre. Dans le premier choq les peres se virent contre leurs enfans, les freres contre leurs sœurs, & une même famille pour & contre elle même. Que devoit-on attendre d'un tel combat, qu'un évenement qui tourneroit à la gloire des Romains ? Le sang parle dans une rencontre si singuliere ; & la nature émuë se revolte contre un combat qui tendoit à la détruire. Les Sabins n'étant déja plus qu'une mê-

me famille avec Rome, le fentiment qui les avoit armés pour venger leur honneur, les défarme par
la pitié, pour conferver leurs enfans. Les femmes entre les deux ar-
mées les attendriffent par leurs larmes & par leurs reproches ; elles
repréfentent aux uns ce qu'elles
leurs font, & aux autres ce qu'ils ont
à combattre. Tous quittent les inftru-
mens de leur défaite, & viennent
s'embraffer, & fe protefter une amitié éternelle, où ils avoient quelques momens auparavant juré leur
mort.

Tel fut le triomphe de la nature
fur le reffentiment ; tel fut le fuccés du parti que l'on prit à Rome.
Tant il eft vrai, que ce qui fait
la gloire & la grandeur d'un E-
tat, dépend prefque toûjours du
Confeil qui le gouverne, & que les
réfolutions qu'on eft obligé de prendre dans les occafions preffantes,

où il s'agit de se conserver, ou de perir, ont quelque chose de plus concerté, & de plus résolu que dans les avantures ordinaires.

Les Romains attirerent donc par la molesse & par les plaisirs, ceux que la rudesse de leurs mœurs, & la publicité de leurs désordres avoient rebuté, & la nature acheva de faire dans la suite ce que l'adresse & l'artifice avoient commencé.

Voilà quels ont été les premiers établissemens des Romains ; heureux & dignes de loüanges, s'ils avoient été fidelles à leur Fondateur, & s'ils n'eussent signalé leur ingratitude & leur méchanceté par son meutre.

Mais aprés tout, que pouvoit attendre ce Prince de tant d'hommes corrompus qu'il vouloit discipliner selon les regles de la justice, que des retours à leurs premieres manieres, c'est-à-dire, des actions d'inhumanité & de trahison de ceux qu'il sçavoit

avoir été traîtres & inhumains toute leur vie ?

Les Senateurs qui étoient des personnes choisies furent cependant ses
meurtriers : mais devenus judicieux
par l'experience, ils chercherent dans
le sacrilege l'impunité du sacrilege
même. L'esprit du peuple facile à
surprendre par la Religion, n'eut
pas de peine à croire ce qu'ils firent publier, que les Dieux avoient
enlevé Romulus dans le Ciel. Pour
soûtenir un mensonge qu'ils avoient
tant d'intérêt d'accrediter, ils se
servirent de tout ce qu'il y avoit
de plus saint dans leur Religion ;
mais qu'est-ce que c'est pour des
impies ? Ils éleverent des Autels à
leur crime, lui offrirent des Sacri-
fices & le consacrerent.

Ce qui est surprenant, c'est de voir
quel étoit le pouvoir des Dieux, où
l'on ne reconnoissoit d'autre divinité
que la violence & la passion. Il fut tel,
néanmoins, que l'attentat & la per-

fidie cachés fous ces fpecieux dehors, furent pris pour des actes de
religion & de piété ; & que les Senateurs s'étant mis à couvert de la
vengeance, fe délivrerent impunément de la domination, qu'ils ne pouvoient plus fupporter.

Numa qui vint aprés, fçut profiter de la difpofition des efprits
pour donner du cours aux Loix que
Romulus avoit déja faites, & en é-
tabliffant une Religion, il réforma les
mœurs, & rendit les peuples plus
retenus envers ce qui devoit leur
être facré.

Une longue & profonde paix aïant
donné à la Religion le temps de s'é-
tablir, Tullus Hoftilius fucceffeur
de Numa fit de feveres Reglemens
pour la difcipline militaire.

Ancus Martius qui vint enfuite y
joignit des ceremonies faintes pour
les rendre plus refpectées ; & cette
politique étoit d'autant plus fage,
que s'il eût falut punir tous les r--

belles, le Prince qui n'avoit fous
lui que des brigands, auroit lui-même détruit fes forces; il attacha donc
de l'irreligion, & par confequent de
la honte à s'acquitter mal d'un devoir civil & politique. Il vint à
bout de cette maniere par la force
des fcrupules, de l'irrefolution de
quantité d'hommes lâches & diffolus,
qu'il falloit porter au bien commun,
& ranger fous des Loix qui confervoient l'ordre.

L'efprit d'indépendance qui re-
gnoit toûjours dans Rome, fit chercher à l'ancien Tarquin parmi le peuple les moïens d'affurer fon Trône &
fa puiffance; il ne fongea qu'à fe faire
des créatures au dedans de fes Etats;
& oubliant en quelque façon la gloire & les fecours qu'il pouvoit retirer
de la défaite de fes voifins, pendant
que lui-même ne fe croïoit pas chez
lui en fûreté, il cultiva l'amitié du
peuple par l'embelliffement de la
Ville, & par des ouvrages qui fervi-

rent à la commodité du public. Aux
deux cens Senateurs que Romulus
avoit créés, il en ajoûta cent autres qui étoient ses amis particuliers, ou qui le devinrent par la suite.
Ainsi à mesure que Rome s'embel-
lissoit tous les jours au dedans par
la pompe & la magnificence de ses
Rois, ses Citoiens acqueroient au
dehors de la dignité, & s'attiroient
la veneration des peuples voisins.

Tarquin le Superbe qui en fut
chassé fut cause que l'on y abolit la
Roïauté & toutes les magnificences,
avec des execrations horribles contre
ceux qui voudroient un jour la rétablir. Alors la politesse qui étoit dégé-
nerée en volupté, cessa d'amolir pour
quelque temps le courage des Romains ; ils reprirent leur premiere
ardeur pour la guerre, & ne voulurent être gouvernés que par eux
seuls.

Delà le bonheur & la liberté de
Rome, qui s'en étoit rapportée pen-

dant deux cens ans à la vertu de
ses Rois ; les outrages qu'elle en
avoit reçû en divers temps, exci-
terent le courage de ses peuples.
Ils se réveillerent de cette espece
d'assoupissement, où les avoit entretenus, tantôt l'exterieur & les
dehors d'une Religion établie pour
amuser des esprits naturellement portés à l'indépendance, tantôt les
magnificences & les spectacles sous
lesquels leurs Roys cachoient adroit-
tement leurs passions.

Quand ils furent piqués dans la
violence que Tarquin fit à Lucrece,
ils sentirent mieux ce qu'ils devoient être, & ce qu'ils valoient.
Alors le mal des particuliers devint
la cause du bien public, & le peuple vengé des insultes des Roys,
ne songea plus qu'à établir la puissance.

Ainsi commença la Republique.
Elle fût d'abord gouvernée par deux
hommes Consulaires & annuels, suivant

vant les projets de Servius Tullius, que Brutus & Collatin executerent.

Si avant que de paffer outre, nous voulons examiner plus particuliere-ment les Romains dans ce premier âge de leur établiffement, nous ver-rons qu'ils étoient animés du même efprit que leur Fondateur, dont Pla-ton a dit, au rapport de Plutarque, « qu'il étoit hardi de peur, & que la « crainte de fouffrir de grandes pei- « nes, le contraignit comme malgré « lui à tenter de grandes chofes. «

En effet, Romus & Romulus é-levés parmi les Pafteurs de Numitor & d'Amulius, fe firent haïr de leurs compagnons. Au lieu de vivre com-me eux dans la douceur, & le repos de la vie paftorale, ils alloient battre la campagne & s'exercer, tan-tôt à battre les paffans, & tantôt à pourfuivre les bêtes fauvages. Ils ne voulurent reconnoître aucune fuperiorité, & méprifans toutes les menaces & les remontrances qu'on

D

faifoit de la part du Roi, ils répon-
dirent avec beaucoup plus de confiance en leur libertinage, qu'en leur
force & en leur origine, qui n'étoit
ni certaine ni reconnuë, *qu'il n'a-*
voit rien de meilleur qu'eux.

Cette maniere de vivre fauvage
entretenoit veritablement leurs corps
dans une bonne difpofition pour les
fatigues de la guerre ; heureux s'ils
en avoient fait un bon ufage ! mais s'é-
tant rendus les Chefs de tout ce qu'il
y avoit de gens fans aveu de leur connoiffance, & en aiant même débauché
une partie par leurs promeffes , ils
fignalerent leurs premieres actions
d'éclat par la défaite d'Amulius leur
Roi, qu'ils vinrent attaquer dans fa
propre Ville où ils le tuerent. Il eft
vrai que c'étoit un ufurpateur, &
qu'ils rendirent Albe & le Trône
à Numitor leur veritable Roi. On
dit qu'il étoit leur Ayeul maternel ;
mais cette circonftance eft mal affurée, & la diverfité des opinions au-

tant que la vanité des peuples , qui
veulent toûjours avoir de grands
commencemens, m'en font tout-à-fait
douter.

Cet esprit sauvage & farouche
regna aussi bien dans les compagnons de Romulus , qui furent dans
la suite les Romains , que dans lui-
même. Ils firent peu de Conquêtes
hors de leur voisinage pendant
trente années qu'il fut leur Roi : ils
se contenterent de dépoüiller leurs
voisins de leurs terres , tant parce
qu'ils vouloient être les maîtres de
tout , que parce qu'ils étoient accoû-
tumés à l'usurpation & au brigandage ; ainsi leurs entreprises, comme
on doit l'entendre , étoient moins
des Conquêtes qu'un pillage de voleurs , & une irruption des barbares
dans les Païs étrangers.

Sous les autres Rois ils firent la
guerre , ou demeurerent en repos selon l'esprit turbulent ou paisible de
celui qui gouverna , & l'on doit re-

marquer que dans tous les tems &
dans toutes les Monarchies, il en est
par tout de même. La gloire des
peuples dépend de la fortune des
Rois, leur valeur de ses exemples,
leurs Conquêtes de sa superiorité ou
de son ambition. Celui qui tient le ti-
mon de l'Etat en est le premier mobile ; les peuples ne se meuvent qu'à
mesure qu'il leur donne du mouvement, & qu'il s'agite lui-même
pour s'agrandir.

Quand les Romains envahirent
l'Italie, & qu'Albe quoique leur
alliée, fut sacrifiée la premiere à leur
perfidie ; après avoir connu toutes
les forces ils la detruisirent, moins
pour porter la paix dans celle-là,
& pour venger la foi du Traité que
celle-ci avoit violé, que par une veritable jalousie de la puissance & de
la grandeur de l'une & de l'autre ;
mais ils tâchoient autant qu'ils pouvoient à donner de specieux prétextes à leurs usurpations ; un Païs à

leur bienseance étoit toûjours à leur égard un endroit legitime pour le conquerir. Ils envahirent ainsi les Etats de plusieurs Rois qu'ils attaquerent separément & assemblez.

La Conquête d'Albe se fit sous les Consuls, dans les premiers tems de la Republique, où le peuple, comme l'a dit un Auteur, celebre, étoit furieux de liberté. L'emportement fut poussé jusqu'à cet excez, dans cette occasion, que Collatin nommé Consul avec Brutus, quoique auteur aussi bien que lui de la liberté, quoique mari de Lucrece dont la mort a-voit donné lieu au changement, & plus interessé par consequent que tout autre à la vengeance publique, devint suspect; il fut chassé pour s'être trouvé de la Famille Royalle; tant de défiance ne pouvoit être que l'effet de l'injustice des Romains. Ils craignoient les Rois qui les avoient assujettis aux regles du devoir, & à celles de la

justice qu'ils ne reconnoissoient pas
auparavant, & ils haïssoient tout ce
qui leur en rappelloit l'idée. Pour
ne donner aucun frein à leurs mouvemens & à leurs libertinages, ils
avoient en horreur la superiorité &
la dépendance, & non pas les vices
particuliers de leurs Souverains. La
violence du dernier Tarquin ne leur
servit qu'à cacher des dispositions naturelles qui s'étoient montrées sous
Romulus quand il établit des Loix,
& lors même qu'il fut question de
lui donner un Successeur : elle ne
sit donc que favoriser les inclinations
d'un beau prétexte, & mettre à couvert la honte du penchant au crime
par la gloire de le venger.

Quand la Republique fut établie,
ils continuerent à donner des marques de leurs inquietudes ; ils soup-
çonnerent de quelques desseins Valere Publicola qu'ils avoient substi-
tué à la place de Collatin.

Ce Valere de retour d'une expe-

dition où il avoit delivré fa Patrie
des irruptions des Veiens & des Etru-
riens, fit bâtir une maifon fur une
éminence. La circonftance de cette
hauteur fit penfer au peuple que ce
Conful affectoit la tirannie. Il fut
contraint de ceffer de bâtir ; & tant
pour effacer de l'efprit du peuple les
mauvaifes impreffions qu'il avoit prifes que pour captiver fa bienveillance,
il fit une Loi qui permit d'appeller
des Confuls au peuple, & lui défera
en certain cas le jugement en dernier reffort : mais cette loi dans la
fuitte fut caufe de la ruine de l'E-
tat. Le peuple jaloux de fes droits fe
fouleva contre la puiffance des Confuls, & les Confuls pour maintenir
le bien public furent obligez de leur
créer des Magiftrats que l'on appel-
la Tribuns ; & ces Tribuns fervoient
à fecourir le peuple contre l'autorité des Confuls.

Ces nouveaux Magiftrats, au
lieu de mettre la paix, entretin-

rent la division entre les deux partis
pour mieux établir leur puissance;
de sorte que chaque particulier se
fit un Etat de son gouvernement, &
au lieu d'un Souverain que Rome haïssoit, elle s'en donna plusieurs petits qui travailloient sourde-
ment à la détruire par elle-même.

Le Senat composé des meilleures
têtes, pour détourner de dessus Rome l'effet de ces dissensions domesti-
ques, fit naître à tous momens des
sujets de guerres étrangeres, & par
là il sçut retenir plusieurs fois pour
le bien public les forces de chaque
condition divisées pour les interêts des particuliers.

Ce fus dans ce temps-là que commen-
cerent les guerres contre Porsenna Roi
d'Etrurie, qui prit avec les Latins le
parti des Rois. Ensuite vinrent celles
contre les Latins pour les limites de
l'Empire, où ce fameux Dictateur Lu-
cius Quintius, tiré de la charruë pour
commander les Troupes, signala si fort
sa

fa valeur, les Gaulois, les Samni-
tes, les Tarentins, les Grecs fous
Pyrrhus furent enfuite alternative-
ment vaincus. L'Europe, l'Affrique
& l'Afie devinrent en deux cens
ans les Conquêtes de l'Empire. Je
n'ai garde de dire qu'en toutes ces
guerres les Romains fe comporterent
toûjours honnêtement. On dit d'eux
que la temerité & l'injuftice étoient
leurs forces, & leur ambition le mo-
tif de leurs entreprifes.

Un Prince de la Grand'Bretagne
que Cefar avoit attaqué, en parloit
ainfi : Ces pilleurs de l'Univers, «
aprés avoir ravagé toute la terre «
viennent maintenant écumer la «
mer ; ils font avares quand leur «
ennemi eft riche, ambitieux quand «
il eft pauvre. L'Orient & l'Occident «
ne fuffifent pas à leur ambition, «
ils veulent être les maîtres des «
Païs fertiles & de ceux qui ne le «
font pas ; tuër des hommes, c'eft les «

E

» vaincre ; piller & envahir des
» Roiaumes fous de faux prétextes,
» c'eſt les conquerir : telle eſt leur
» politique; & après avoir tout boul-
» verſé, fait de l'Univers une affreu-
» ſe ſolitude, ils ſe vantent d'avoir
» mis par tout la paix.

Cette invective quoique tres-avan-
tageuſe pous les Romains, ne laiſſe
pas à le bien prendre de leur faire
honneur. Des ſcelerats que toute la
terre liguée enſemble ne pouvoit retenir, avoient aſſurément quelque
vertu dans leur union, qui a duré
tant de Siécles, & qui a été tant
de fois traverſée par la fortune &
par les armes; mais à dire vrai elle
s'entretint plûtôt par la neceſſité de
l'union, que par la ſimpathie des humeurs : il falloit oppoſer à une haine generale des forces unies, à l'ani-
moſité de toute la terre, beaucoup
de valeur, à la jalouſie des autres peuples une conſtance opiniâtre ; il falloit vaincre ſi l'on ne vouloit être

vaincu, & conferver fa vie aux dépens de celle des autres, ou fe refoudre à la perdre honteufement par
fa lâcheté.

Quand les Romains fe relâche-
rent de l'aufterité de la difcipline
militaire, ils en furent les victimes;
l'Italie fut faccagée par leurs ennemis, & Rome fe vit la proie des Nations Barbares. Toutefois lorfquel-
le triompha, ce fut moins par la vertu de fes peuples, que par l'intelligence & la capacité de leurs Chefs;
par eux l'ordre & la difcipline étoient
établis & entretenus, & l'Armée
en fuivant le genie du General, fe
reprefentoit moins l'honneur de la
victoire que les dépoüilles de l'Ennemi; plus le butin dont chaque
Soldat profitoit, que l'Empire du
monde & la puiffance abfoluë; les
Troupes prefque toûjours tirées du
commun du peuple, confervoient de
leur origine cette premiere inclination pour le brigandage, qui avoit

aſſemblé leurs peres ſous Romulus : le Capitaine ainſi avoit à tourner au bien de ſa Patrie, une diſpoſition déja favorable à ſes deſſeins & à ſa propre gloire, & c'eſt en quoi conſiſtoit ſon merite, & où ſa ſuffiſance ſe faiſoit voir.

Ce n'eſt pas qu'il ne ſoit ſorti de grands hommes parmi le peuple; mais il ſeroit plus extraordinaire que cela ne fût pas, qu'il n'eſt digne d'admiration d'en voir beaucoup. Chez les Romains, les occaſions de ſe former & de paroître étoient frequentes, & les occaſions comme l'on ſçait font ſouvent plus d'honneur aux hommes que les talens : par elles ils les mettent au jour où ils en acquierent (car l'exercice & l'application font une ſeconde nature) lorſque ſans elle ils languiſſent inconnus de toute la terre, quelquefois avec des connoiſſances fort étenduës.

Un homme paſſoit dans Rome par tous les états de la République,

où il s'inftruifoit tantôt de la politique
& des mœurs de fes compatriotes ,
tantôt des forces & des interêts de
fa Patrie ; là il étoit appliqué à découvrir le veritable genie du peuple,
& par quels refforts il pouvoit être
plus fûrement gouverné ; ici dans une
plus haute fortune , il mettoit au
jour les connoiffances qu'il avoit ac-
quifes dans fes premiers emplois, &
devenu homme public il paroiffoit
né pour toutes fortes d'états , tant
il montroit de fuffifance en chaque
chofe. Tel qui y eût été enfeveli
dans l'obfcurité fans les occafions de
fe montrer, qui en fortant d'une condition privée où il étoit comme caché à lui-même, y eft devenu l'objet de l'admiration du Peuple dans
les premieres Charges du Senat. Les
hommes font les affaires, dit un ancien Proverbe fort trivial , & les affaires font les hommes.

Les diffenfions qui fe rallumerent
peu de tems aprés la promulgation

des Loix des douze Tables, produi-
firent cet avantage aux particuliers.
Le peuple jaloux de l'autorité des
Senateurs, afpira aux honneurs du
Confulat qui leur étoient refervées;
il demanda d'y être admis; l'on fut
obligé de trouver un temperament
pour le fatisfaire, & de créer, comme nous l'avons dit, trois Magiftrats
fous le nom de Tribuns Militaires,
aufquels on donna la même autorité qu'aux Confuls.

Le peuple s'apaifa pour quelque
tems, & laiffa aux Patriciens le commandement comme à l'ordinaire,
mais moins pour être fort content
de ce qu'on venoit de faire pour lui,
que pour mieux s'établir dans cette
nouvelle dignité. Dés qu'il s'en vit
en poffeffion, ce premier fuccez lui en-
fla le cœur, il tenta d'aller plus loin,
& fe crut en droit de tout prétendre,
parce qu'il fe voioit en état de tout
obtenir. Le bien Public fervant alors
de prétexte à l'ambition des parti-

culiers, chacun mit sa gloire à en montrer, & c'étoit à qui en auroit le plus. Les broüilleries aiant recommencé, confondirent le vice avec la vertu; la vanité passa pour un zele, l'ambition pour une justice, la force pour la temerité.

Rome livrée aux passions de ses Citoiens, auroit succombé sans la sagesse du Senat, qui fut obligé de souscrire une seconde fois aux prétentions du peuple. Dés ce moment les premiers honneurs furent communs à tous les ordres, & cette voie ouverte au merite excita entre eux l'émulation & l'amour de la vertu;de sorte qu'un homme dans la Republique en passant d'une Charge à une autre, connoissoit tout & se trouvoit à la fin capable de la servir dans quelque emploi qu'elle le voulût mettre.

De là Marius, homme Plebeien se fit aussi connoître grand homme de guerre, plein de force & d'éloquen-

ce, d'intrepidité, de valeur ; de-là la
puissance du peuple, la défaite de Ju-
gurtha, celle des Theutons, des Cim-
bres, des Gaulois & de tant d'autres
Nations Barbares.

De-là, la dexterité de ce nombre prodigieux de grands hommes qui se sont trouvez en même
tems propres au maniement des affaires publiques, & à celle du cabinet ; admirable pour le conseil, &
si entendu au métier de la guerre,
capable de mediter & d'entreprendre, d'acquerir de la gloire à leur
Patrie par leurs armes, & de l'immortalité par leurs écrits.

De-là enfin la force de l'Empire,
chacun regardant depuis ce tems-là
comme sa conquête particuliere celle
de la Republique, & se felicitant
seul d'un bien qui devenoit commun à tout le monde.

L'interêt propre, quoi qu'on en
dise, est le premier ressort des grands
évenemens. Si quelques hommes l'ont

negligé pour le bien public, cette préference s'eſt faite plus en ſa faveur qu'à ſon dommage. Les grands hommes ſe font ſouvent ſervis de cet artifice pour s'agrandir. On ſe laiſſe bien veritablemententraîner par les interêts du bien public, mais l'on s'attache à ceux qui deviennent plus particuliers, & ceuxci animent & donnent plus de mouvement que les autres, ou preſque toûjours encore on tâche à les rencontrer.

Si nous avions parmi nous les mêmes avantages, ſi dis-je, chacun pouvoit ſe flater de parvenir par ſon merite aux premieres Charges du Roiaume ſans le ſecours de cette fortune dorée, que les anciens diſoient la mere de l'injuſtice, & des grandes revolutions ; combien de gens inconnus ſe rendroient recommandables, combien d'inutiles deviendroient neceſſaires à l'Etat ! mais nos conditions ſont bornées ; chacun eſt attaché par ſa propre inclination, ou par ſa fortune, à un art ou à une profession souvent ingrate ; chacun vit à sa maniere pour lui seul & sans relation au bien public ; nos interêts sont particuliers; ceux du Prince ne sont pas toûjours sûrement, les interêts de ses Sujets, & le bien de l'un est souvent contraire à celui des autres.

Au lieu que dans Rome tout se faisoit par l'interêt du bien commun , tout roule ici sur l'interêt propre; chacun fait sa fortune à part, s'éleve & s'agrandit par lui-même, sans secours auxiliaire , ou par la protection d'un Grand ; en un mot nos établissemens sont fixes quand la fortune ne les fait pas; l'on ne tire pas le General d'armée de la Charuë & des emplois populaires , ni le Ministre ne parvient pas de la condition des esclaves à la premiere Charge du Roiaume , les hommes étant fixés à un emploi duquel ils ne sortent que rarement pour passer à un autre. D'où vient que nos connoiffances font fi bornées, que l'homme de guerre eft fi peu propre au maniement des finances, & le Miniftre au commandement des troupes; que les uns & les autres ne fçauroient écrire avec la même grace des Anciens? Les avantages de la Nation, ou les revolutions de fa fortune. Mais nous en rejettons ordinairement la faute fur nôtre Langue plûtôt que de nous en charger, & c'eft excufer nôtre ignorance à fes dépens; cependant rien n'eft plus injufte.

La Langue Françoife eft fimple, naïve & capable de foutenir les Traités les plus hardis de l'Eloquence la plus fublime; il n'y en a point qui réüffiffe mieux à copier les penfées, à rendre les chofes par des expreffions juftes, & à obferver tres-exactement toutes les bienfeances. Nous ne devons point faire nôtre apologie en ravalant fon merite, ni la mettre comme quelques-uns , si fort au dessous de la Latine.

Nous avons parmi nous pour le langage des ouvrages aussi parfaits que ceux de la latinité du temps d'Auguste. Si le Latin traduit perd quelques-unes de ses beautés, il en est quelquefois dedommagé par des expressions Françoises tres - élegantes ; & nous pourrions à nôtre tour défier les Latins de bien traduire un discours François ; il leur échaperoit sans doute bien des graces & des finesses que la langue Latine ne sçauroit exprimer ; car chaque langue a ses agrémens differens ; ce qui est excellent dans l'une est souvent dans l'autre une barbarie.

Toute la faute en est donc à nos mœurs, à nos manieres & à nos usages, si nous n'avons pas comme les Romains des personnes aussi propres à soutenir la dignité de l'Histoire. Ceux qui se mêlent de l'écrire pour n'avoir pas eu de part aux affaires, ni cette grande connoiſſance de chaque état, comme avoient les Romains, ne ſçauroient jamais attraper auſſi vivement qu'eux le caractere des choſes, & des perſonnages qu'ils ont à depeindre.

Dans tout autre genre de litterature nous en avons qui les valent; j'en nommerois ſi d'autres avant moi n'avoient pris ſoin de le faire; les écrits même d'un illuſtre de nôtre Siécle qui s'eſt le plus ouvertement declaré pour eux, feroient contre ſes préventions ſi l'on regardoit les choſes de prés, mais il avoit du chagrin contre un moderne dont les anciens ont profité, & cette circonſtance auſſi bien que ſes ouvrages font voir que le parti pluſque la juſtice l'a fait declarer en leur faveur.

*Ingeniis non ille favet plauditque ſepultis,
Noſtra ſed impugnat.*
a dit Horace * en pareille occaſion.

Sans cela j'aurois contre son ému-
le de nôtre tems, ce chagrin honnête qui regarderoit autant la justice qu'on lui doit, que le merite de
quelques autres modernes de ma connoissance.

S'il devoit beaucoup aux anciens,
il étoit honnête d'avoir pour eux
de la reconnoissance, mais il ne falloit pas qu'elle s'exerçât aux dépens
de ce qu'il doit à sa langue naturelle; elle lui a prêté les graces qui lui
sont propres, & quand il y a joint
celles des anciens, elle lui a procu-
ré le moien de s'acquerir parmi nous-
même, à leurs dépens, une gloire &
une reputation immortelle.

Aprés tout la prévention pour les
anciens a été une injustice de tous
les tems. Ciceron s'en est plaint
» dans son siécle, comme Horace. La
» malignité des hommes, a-t-il dit,
» fait qu'ils prodiguent leurs loüan-
» ges aux anciens à qui ils ne por-
tent point d'envie, afin d'obscurcir

la gloire des modernes dont ils font « jaloux , *vitio malignitatis humana* « *veſtra ſemper in laude , præſentia in faſtidio.*

Quoi qu'il en ſoit , l'antiquité des premiers hommes ne leur a pas donné un degré d'excellence qu'ils n'avoient point. Quand on les conſidere de prés , ou qu'on les compare avec ce que nous avons de plus parfait dans nôtre langue & dans nôtre goût, l'on rabat bien de cette veneration que les Siecles leur ont attirée. Le grand éloignement qu'il y a entre eux & nous, nous les fait paroître plus grands qu'ils ne ſont, & leur donne un luſtre qu'ils n'auroient pas , ſi nous étions leurs comtemporains : car l'on juge plus avantageuſement des choſes que l'on ne voit pas , dit Tacite, que de celles qni ſont preſentes. *Majora credi de abſentibus*

L'antiquité a encore cela de particulier, qu'elle reſſemble à ces ver-

res d'optique qui réünissent les objets. Nous voïons dans le passé les
choses éloignées les unes des autres,
comme si elles étoient toutes du même tems , & c'est ce qui nous la
rend si recommandable. Un Siécle entre elles n'y fait pas une assez grande
difference pour les distinguer. Nous
nous representons chez les Romains
comme dans le même tems , Camil-
le , Coriolan, Manlius, Curius Fa-
brice & les autres qui vivoient dans
les premiers tems de la Republique
comme s'ils avoient été les contem-
porains des Scipions, des Catons,
de Paul Emile , de Brutus , de Marius, de Sylla, de Cesar , & de Pom-
pée, qui vivoient dans des tems bien
éloignez ; il nous semble que toutes
leurs actions se sont passées dans un
même jour , nous ne distinguons pas
assez les Epoques ni les tems dans
lesquels ils ont vêcu, & cette confusion grossit bien l'idée generale que
l'on s'est fait de tous les Romains.

Parmi

Parmi eux, je le repete, il y a eu
veritablement de tres-grands hommes, mais ils ont été difperfez dans
les divers tems de la Republique, &
c'eſt ce qui en a fait durer la gloire.

Ceux qui font venus dans les premiers tems, c'eſt-à-dire dans les deux
premier s ſiecles , étoient des gens
d'une vertu rude , farouche, & auſ-
tere quelquefois juſqu'à l'excez. Les
ſeconds qui ont vêcu vers le milieu de l'Empire , avoient plus de
politeſſe & de ſçavoir. Comme ils
s'étoient formez par les guerres de
leurs Ancêtres , ils ſe trouverent
dans de plus grandes occaſions de
profiter & d'avoir beſoin de leurs ex-
periences. Les derniers furent encore
plus éclairez , mais ils eurent plus de
deffauts ; la delicateſſe de l'eſprit ſe
tourna en fineſſe & en tromperie ;
ce furent moins de grands hommes
que de méchans hommes , plus des
gens ambitieux que des perſonnes
d'une probité ſans reproches.

F

Finiſſons ce diſcours par une derniere reflexion ; nous n'eſtimons
peut-être tant les Romains, que parce que nous ſommes plus familiari-
ſez , leurs Hiſtoires qu'aucune autre
peut-être auſſi ne faiſons tant de
cas de leurs ouvrages , que pour
connoître mieux les graces de leurs
langues qui ſont d'ailleurs plus de
nôtre goût ; ce qu'il y a de vrai, c'eſt
que l'eſprit & le courage ont été de
tous les ſiecles , & qu'ils ont plus é-
claté dans certain tems & en certains Païs, parce que les ſommes que
les hommes adonnées plus aux bonnes choſes , & qu'il y a eu plus d'occaſions de les faire paroître, car les
affaires de la vie ont toûjours été
le même train. Ce n'eſt pas chez les
Romains ſeuls qu'il faut chercher le
bon & le beau des actions heroïques
& des ouvrages d'eſprit, partout où
il y a eu des hommes il s'en eſt trouvé de la valeur ; il eſt inutile de
chercher entre eux quelques diffe-

rences, les hommes se sont toûjours
montrez hommes, leurs coûtumes
les ont seulement distinguez, le fond
de la nature par tout la même a produit par tout les mêmes chois
que chez les Romains. Quoique nos
préventions soient pour eux, les
autres peuples ne sont pas moins recommandables, ils ne sont peut-être moins estimés, que parce qu'ils
sont moins connus. Les Romains ont
été lâches & courageux, suivant l'esprit qui a regné dans la Republique;
ils ont suivi la fortune & la conduite
de leurs Capitaines, & ont toûjours
vecû comme les autres peuples, selon le caractere de celui qui a gouverné; au reste, ils étoient tous ambitieux, & se laissoient toûjours conduire, comme les a peints un de leurs
Historiens, par cette envie demesu-
rée de dominer toute la terre; *apud*
nos jus imperii valet, inania transmit-
tuntur, dit Tacite.

Ne soions donc pas injustes en-

vers tout le monde en leur faveur.
Toutes les bonnes & les grandes
choses ne se font pas faites par les
anciens, dit le même Auteur, il s'en
fait encore de nôtre tems qui meri-
tent tous nos éloges, & d'être imi-
tez par la posterité. *Nec omnia apud
priores meliora, sed nostra quoque ætas
multa laudis, & artium imitanda pos-
teris turis.* Tacit. anu. 3.

On voulut finir la seance aprés
cette lecture, mais Ariste réveilla
la compagnie par celle du conte qui
suit. Il dit qu'il en connoissoit l'Auteur, & que le Traducteur du songe
de Bocage s'en étoit servi comme de
plusieurs autres Pieces qui ne lui
appartiennent ni à son Auteur; mais
qu'il étoit à pardonner pour l'avoir
avoüé dans sa Preface.

L'ESPRIT FORT,

CONTE

A. M. D. B.

IL eſt des cœurs bien faits que rien ne décourage,
Qui choiſiſſent toûjours le parti le plus ſage,
Déſarment la vigueur des deſtins ennemis,
Et par des ſentimens qu'un fort eſprit ſuggere,
S'élevent noblement au deſſus de la Sphere,

   Ou leurs planettes les a mis.

Jamais tant d'agrémens, jamais tant de ſageſſe
Liſe étoit jolie & belle , & ſon Epoux Damis
Cachoit ſous ſa perruque un crane à cheveux gris,
Liſe avoit cens vertus, Damis étoit bon Prince,
Leur parfaite union paſſoit dans la Province

   Pour un miracle de nos jours ;

Jamais tant d'agrément, jamais tant de ſageſſe

  Ne firent honneur à Lucrece,

Et jamais tant de ſoins & de tendres amours

N'accompaguerent la vieilleſſe ;

Rien ne manquoit à leur felicité ,

Barbe griſe & jeune beauté

Font ordinairement un mauvais attellage.

Cependant tout rouloit ſi bien dans le ménage ,

Qu'au bout de l'an le bon Seigneur ,

Vit arriver un ſucceſſeur.

Tandis qu'avec plaiſir il éleve l'enfance

De cet aimable rejetton ,

Un Jubilé revint en France.

On ſçait qu'en ce tems d'Indulgence,

Chacun demande à Dieu pardon.

Le pecheur prend la diſcipline.

D'un zele tout devot , les Chrétiens ſont touchez ;

On reſſaſſe les vieux pechez.

Les gros & les petits , tout paſſe à l'étamine,

Aux pieds d'un Directeur , la Dame un beau matin ;

Avec un ſincere repentir ,

Declara nettement que le petit Colin

N'étoit pas le fils de ſon pere.

Halte, dit le Confeſſeur,

Pour un *Confiteor* , vous n'en ſerez pas quitte ;

Il en faut deux au moins ; ce crime fait horreur;

Faut-il qu'injuftement vôtre enfant desherite

  Un legitime fucceffeur ?

  Il faut, Madame, vous refoudre,

  A confeffer le fait à vôtre Epoux,

  Sans quoi je ne puis vous abfoudre.

C'eft m'expofer, dit-elle, à fon jufte courroux,

  Le beau compliment à lui faire.

Je m'en fuis accufée à bien d'autres qu'à vous,

Qui n'ont jamais trouvé cet aveu neceffaire.

Telle condefcendance a damné bien des gens,

  Repliqua le Pater, Coufeffeurs obligeans,

  Paffent legerement aux belles

Des pechez dont ils font auffi coupables qu'elles,

Quand à les pardonner ils font trop indulgens.

Pour moi je ne fçai point flater les infidéles.

  Elle fe leve, part, & fuë dés ce moment

  De honte & de douleur faifie.

La pauvrete n'avoit qu'une fois feulement

  Ceffé d'aimer fidellement,

  Et s'en étoit dit-on mille fois repentie,

  La voilà dans un embarras,

Qu'on ne peut exprimer. D'un côté l'aventure
  Etoit à digerer trop dure.
Pour le Seigneur Damis , on craignoit les éclats.
D'autre part le salut , l'enfer & le trepas ,
  Et du Confesseur l'ordonnance
  Requeroit telle penitence.
Il faut succomber , & d'un mortel chagrin ,
  Tomber dans une maladie
  Qui lui pensa coûter la vie.
  Sur le rapport d'un Medecin
Son Epoux connoissant que la melancholie
  Alloit couper la trame de ses jours,
  La pria d'en dire cause.
Elle veut l'en instruire , & jamais elle n'ose:
  Oze tout , dit-il , mes amours,
Rien ne me déplaira pourvû que tu guerisse.
Quoi faut-il qu'un secret te donne la jaunisse ,
Et qu'une femme meure à faute de parler ?
Cela seroit nouveau , je vai tout reveler,
Puisque aussi bien dit-elle un trepas favorable ,
Doit bien-tôt terminer mon destin deplorable
  J'étois à la maison des champs.

        Où

Où je faifois la menagère,
Quand la voifine Alix , par des difcours touchans,
Aufquels on ne refifte guere ,
Me prouva qu'avoir des enfans
Etoit à vous chofe impoffible,
Me prôna les malheurs de la fterilité,
Qui chez les Juifs paffoit pour un deffaut terrible ,
Puis dans un jour charmant me fit voir la beauté
d'une heureufe fecondité.
Je me rendis helas ! à cette douce amorce,
Et Lucas le valet de nôtre meffager ,
Avec moi fe trouvant un jour dans le grenier,
Je me fouvins d'Alix & je manquai de force.
Il eft , cela foit dit fans vous mettre en courroux,
A faire des enfans plus habile que vous.
Je lui parlai d'amour, il comprit mon langage ,
Et fur un fac de bled , fac funefte & maudit ,
Faut-il en dire davantage ?
De ce malheureux fac nôtre Colin fortit.
A Lucas je donnai je penfe ,
Quelques boiffeaux de bled pour toute recompenfe,
Si je vous ai trahi, je meurs, pardonnez moi,

G

A cela près toûjours je vous gardai ma foi.

N'eſt-ce pas de mon bled que tu paia l'ouvrage,

Lui répondit Damis, nu'lement effraié,

Cet enfant eſt à moi puiſque je l'ai paié,

　　　Ne m'en parle pas davantage.

La belle en peu de tems reprit ſes lis, ſes roſes,

　　　Son embompoint, ſa belle humeur ;

Colin fut élevé comme un petit Seigneur,

A la maiſon des champs on parla d'autres choſes ;

Enfin pour s'épargner d'inutiles ennuis,

　　　Ces Epoux ont vécu depuis,

　　　Comme ſi du ſac l'avanture

　　　Etoit chimere toute pure.

　　　Bel exemple pour les maris,

Dont le chagrin jaloux merite une apoſtrophe,

Damis prit en tel cas le meilleur des partis,

Et ſoûtint cet aſſaut en brave Philoſophe,

Des ſentimens communs ſa raiſon triompha,

Ce trait fait plus d'honneur à l'humaine ſageſſe,

Que tout ce qu'on nous dit des ſept Sages de Grece,

Et je croi que celui dont l'Oracle parla,

　　　Auroit voulu ſçachant cela,

　　　Paſſer pour ſot à ce prix là.

DU POEME EPIQUE
& de ses Regles.

LEs sentimens sont si partagés sur l'origine du Poëme Epique, que prendre parti, c'est s'engager à faire une critique & une discussion de faits fort ennuieux. Je m'en tiendrai donc à l'étimologie de son nom. Je la tire d'un certain * Epicharmus Sicilien, qui l'a orné de toutes les parties dont nous le voïons composé. Avant lui le Poëme Epique n'étoit qu'une simple satire sans dialogue ni interlocuteurs. Les fragmens qui nous sont restés des Comedies d'Alcée qui vivoit deux cens ans auparavant, & des autres anciens Comiques cités par Athenée le justifient.

* Athen. l. 14.

G ij

C'eſt donc proprement cet Epicharmus que l'on doit regarder comme le pere de la Comedie ; & cela avec d'autant plus de juſtice,
qu'elle lui doit toutes les beautés
dont elle eſt ſuſceptible aujourd'hui.
Il en fit d'abord un dialogue entre
deux & trois perſonnages , enſuite
il l'étendit à ce nombre indetermi-
né d'Acteurs ſi neceſſaires pour bien
repreſenter une action , & pour remplir la ſcene. Sans lui nous n'aurions ni
repreſentations naturelles , ni ſcenes
agreables , ni intrigues ménagées ,
ni évenemens qui ſurpriſſent, tout ſe
reduiroit à la lecture de quelques
caracteres que l'action du theatre
n'animeroit pas ; à quelques traits de
ſatire dont la fineſſe ne laiſſeroit
pas voir la verité à tout le monde.
L'on eſt jaloux de ſon attention ; on
ne l'accorde qu'à ce que l'on entend
ſans peine , qu'à ce qui plaît , & qui
intereſſe. En voilà aſſez pour ce qui
regarde l'origine du Poëme Epique ,

voïons maintenant, en peu de mots, quelles en font les principales regles, & ce qu'il eft en lui-même.

Le Poëme eft une reprefentation accompagnée de circonftances d'une action principale, & non pas de toute la vie d'un homme. Quelques-uns ont entendu à tort que cette unité d'action étoit une unité de perfonnage ; c'étoit la maniere dont on traitoit les premiers Poëmes : mais depuis Epicharmus, par cette unité, on a toujours entendu l'unité ou la reprefentation d'une feule action principale. Elle doit être continuë; c'eft-à-dire que dés que le premier acteur paroît jufques à la fin, les principaux perfonnages qui fervent à la reprefenter doivent être dans le mouvement, & les autres, ne doivent point l'empêcher: car les Heros du Poëme devant être toûjours agités de quelque paffion d'amour, de haine ou d'avarice, font les premiers mobiles de l'action ; & les autres font

censés n'agir que par leur impulsion
& pour leur dessein.

a Cette action demande six conditions principales, 1o. Elle doit ê-
tre vraie. 2o. Elle doit être tenuë
pour vraïe. 3o. Elle doit être heureuse. 4o. Elle doit être loüable.
5o. Elle doit être une. 6o. Et entiere. Les quatre premieres font
necessaires à la fin du Poëme,
qui est d'exciter les Grands à l'imitation des grandes choses, par l'ex-
position des grands exemples. Les
deux dernieres font plus inferieures
au Poëme qui feroit monstrueux s'il
étoit double ou mutilé.

b Or le premier soin d'un Poëte
doit être de bâtir fur un fonds ferme
& folide, fur une verité de l'Histoire, ou reçû de la tradition : car de
même que celui-là n'est pas Poëte
qui ne peut rien imaginer ; celui-là
n'est que charlatan qui feint toutes

a De l'action.
b De la verité de l'action.

choſes. Si l'action n'eſt vraie, quelle vraie-ſemblance aura la fable fondée ſur la fauſſeté de l'action ? & ſi la vrai-ſemblance manque à la fable, quelle croiance trouvera-elle dans l'eſprit ? quelle émulation exritera-elle dans l'ame des Grands? Ce deffaut ſeul a fait échoüer une infinité de pieces. Pour traiter heureuſement un ſujet, il faut indiſpenſablement un point de verité connüe de tout le monde.

a Mais comme il ne ſuffit pas à la perfection d'un corps que la matiere en ſoit belle, auſſi ne ſuffit-il pas à la regularité d'un poëme que l'action ſoit vraie, il faut auſſi qu'elle ſoit une & entiere, afin qu'il n'y ait rien de double ni d'amphibie, rien d'eſtropié ni d'imparfait.

Il faut que le ſujet qu'on prend ne ſoit ni trop ancien ni trop recent.

a De l'utilité & de l'integrité de l' action.
. tems de l'Action.

Un sujet trop ancien ne paroissant
rien parmi les ruines de tant de
Siécles, est comme s'il n'avoit pas
été, & passe pour fabuleux. Celui
qui est recent est vû de trop prés,
on en connoît le particulier ; de sorte que le Poëte ne peut pas en dis-
poser avec liberté , & de plus on
n'y trouve pas le Grand, le Magnifique & le Merveilleux qui sont des
qualitez essentielles à l'heroïque.

a Il faut s'écarter de son Païs aussi bien que de son Siécle, pour les
trouver, parce que l'usage actuel des
choses leur ôte la force & la veneration que leur attire l'antiquité ; le
Scamandre de l'ancienne Troie ,
quelque petit qu'il fût, paroît un
bras de mer, sur le recit qu'en a fait
Homere.

b L'action doit être loüable afin
qu'elle soit chantée heureusement, &
qu'on en puisse faire un exemple sans

a Du lieu de l'action.
b L'action doit être loüable.

donner de fcandale au public, & il
femble qu'en cela Homere commence
à fommeiller dés le prélude de fon
Iliade.

a Mais ce n'eft pas affez que l'action
foit loüable, il importe de plus qu'elle foit heureufe, afin qu'elle picque
le cœur des Grands, & que l'émulation les porte à des femblables entreprifes, par l'efperance de pareils
fuccez.

Comme l'action eft la matiere du
Poëme, la fable en eft la forme, à
l'égard de laquelle il eft ce que l'a-
me eft à l'égard du corps ; de forte
que fans la *b* fable qui eft la plus
propre effence du Poëme, la plus
pompeufe & la plus belle verfifica-
tion ne fait pas un Poëme. La raifon s'en tire de la nature & de
la fin de la poëfie qui eft par office
faifeufe d'images & de figures cor-
rectes & achevées. Ces images fi a-
chevées veulent être prifes fur de par-

a Du fuccez de l'action. *b* De la fable

faits originaux qui ne se trouvent que
dans l'universel où il n'entre rien de
corrompu; il faut donc que le Poëte laisse l'éxistence qui est gâtée,
qu'il n'ait point d'égard à la verité
qui est mutilée, & qu'il s'attache à
la possibilité qui est toute pure, &
à la vrai-semblance qui est entiere
& parfaite.

a La Fable est selon Aristote, l'assemblage, la structure, ou la com-
position des choses feintes, c'est-à-
dire que la Fable est une fabrique
artificielle, composée d'évenemens
feints & inventez, mais vrai-sembla-
bles, & fondez sur la verité d'une
action illustre & heroïque.

b Or elle veut être une, vrai-
semblable & merveilleuse; il n'y aura rien à desirer à l'unité de la Fable si l'action est une, si le Heros
principal est seul & sans concurrent,
si les Episodes tiennent au corps de
l'action par les nœuds du necessai-

a La définition. *b* Ses qualitez.

re & du vrai-femblable. Avant toutes chofes, l'unité de l'action y eft
neceflaire, parce que naturellement
une forme ne peut être de deux fujets, & une ame ne fe peut parta-
ger entre deux corps. 2. Il faut fe
confier en fon Heros, & commettre
toutes les grandes chofes à fon courage, à fa conduite & à fa fortune; car de lui donner des aflociez
qui lui foient égaux, c'eft donner
plufieurs têtes à un feul corps. 3.
Ce qui eft neceflaire à l'unité de la
Fable, c'eft la jufte liaifon des Epi-
fodes qui font les actions acceffoires,
& inferées qui fervent à la grandeur & à la beauté du Poëme. Car
le vrai-femblabe qui eft le fondement de l'opinion & l'objet de
la creance, y doit entrer afin d'appuier les exemples, leur donner de
l'autorité & de la force; le merveilleux s'y doit rencontrer pour les re-
lever, les embellir & leur donner ce
qui attire de l'eftime, & ce qui ex-

cite l'émulation des Grands qui ne s'ébranlent que pour les grandes cho- ses.

* La premiere maniere de pecher contre cette vrai-semblance, c'est de bâtir sur le faux en ne mettant point en œuvre le probable ni le possible, de sorte que ce que l'on fait ne puisse servir à l'instruction de personne. La seconde est le deffaut de certains ri- goureux amateurs de la verité, mais éclairez, qui n'aiant pas assez bon- ne opinion de tout ce qui se trouve dans l'étenduë de la foi humaine, vont chercher dans les saintes Ecri- tures des Heros & des actions he- roïques à mettre en poëme.

Ces personnes font deux fautes es- sentielles, l'une contre la forme du poëme, & l'autre contre la fin de la Poësie. La premiere en ce que ne s'arrêtant pas dans l'étenduë des choses qui ne sont pas de la foi hu- maine, ils laissent la vraie matiere

* ℈ Maniere de faillir contre la vrai-semblance.

dont se font les Fables, & n'en trouvent ni vraie ni fausse dans l'étenduë des choses qui sont de la foi Divine; la raison de cela c'est qu'il n'y à rien de faux, & que les veritez saintes ne se peuvent tourner en fable sans quelque sorte de blasphême. La 2e. faute qu'ils commettent est qu'allant chercher des sujets bien au de-là de la vrai semblance & de la possibilité des choses; ils n'en rapportent rien qui puisse servir d'éguillon à piquer le courage & l'émulation des Grands, & à les porter à de semblables entreprises, ce qui est encore la fin de la Poësie. C'est donc une maxime principale de cet art, que la vrai-semblance est de plus grand usage que la verité.

La troisiéme maniere de faillir contre cette vrai-semblance, c'est d'imiter ceux qui n'agissent que par machines, qui ne font rien où il n'entre de l'enchantement & du miracle. Il eſt permis de les emploier dans une tempête, dans un embraſement, dans un deluge, contre des charmes où la plus forte vertu ſe trouve foible : mais il ne faut point de machines où l'épée & la lance peuvent produire les mêmes effets.

a Pour l'ordre que l'on y doit garder il y en a deux, le naturel & l'artificiel, ou le renverſé ; le premier à l'égard de l'action principale qui eſt le ſujet de la Fable, le ſecond à l'égard du ſujet dont cette action principale eſt detachée.

b Pour ce qui eſt des mœurs, Ariſtote les veut bonnes, afin qu'il s'en puiſſe faire des modéles qui inſtruiſent.

c Il les veut conformes aux ſexes, à l'âge & à la qualité des perſonnes que l'on repreſente, afin que rien ne bleſſe la bienſeance & le vrai-ſemblable.

---

a De l'ordre de la Fable. *b* Des mœurs. *c* Ariſtote demande 42 conditions.

3. Il les veut égales à l'égard des personnes qui sont de la creation du Poëte, parce que l'inégalité est la marque d'un esprit changeant, qui est fort éloigné de l'heroïque.

4. Il les veut semblables à l'égard des personnes que le Poëte reçoit de l'histoire, parce que la copie doit être semblable à l'original.

Virgile s'est dispensé du 4. article à l'égard de Didon.

* Pour ce qui est des amours qui peuvent entrer dans un Poëme. Premierement on les doit renfermer dans les Episodes, sans leur permettre pourquoi que ce soit d'entrer dans l'action principale ; cet article est essentiel au Poëme, & le distingue du Roman.

2º. Les amours qui entreront dans le Poëme doivent être amours de heros & de heroïnes, qui aient des coleres hardies, des jalousies, que leur desespoir même ait une fierté qui étonne.

---

* Quelles amours doivent entrer dans le Poëme.

3. Qu'il n'y ait rien que de bien-
féant, & de modefte dans les amours
des Reines & des Princefles, qu'on
ne leurs attribue rien qui tache la
Pourpre ou qui deshonore la Couronne.

a Pour ce qui eft de la diction, la
Poëfie heroïque demande une diction
toute fublime ; qu'on ne penfe pas,
dit Horace, que ce foit les cadences
& les mefures, que ce foit l'arran-
gement & l'ordre des mots, que ce
foit la pureté de la diction, la pro-
preté des formes qui faffent le Poëte ; il faut quelque chofe de plus
grand & de plus fort, de plus élevé & de plus riche.

b Il faut toutefois remarquer que
quoi que cette Poëfie ne fouffre rien
qui ne foit grand, fort, beau, fa
grandeur, fa beauté & fa force
font diffe entes felon la difference des
matic res.

_____

a Diction de la Poëfie. *b* L'efprit neceffaire à la Poëfie
heroïque.

L'esprit que demande la Poësie heroïque, doit être du premier ordre & du plus éclairé de cet ordre, parce que l'imitation heroïque se devant faire par des images abstraites & des singularitez purifiées de la matiere contre-tirées sur la seule idée, il faut que l'esprit artisan de ces images si pures, si spirituelles, si parfaites, soit des moins materiels & des plus éclairez ; de plus, l'esprit du Poëte doit découvrir en chaque chose la pure forme du bon & du beau, la pure idée de l'aimable & du merveilleux : or ces formes, & ces idées ne sont pas à la superficie des choses, & il faut des yeux pénetrans pour les découvrir.

* Le plus bel esprit du monde ne suffit pas au Poëme heroïque, s'il n'est accompagné de l'esprit divin qui fait l'emportement & l'antousiasme ; c'est ce qui fait dire à Horace, que le Poëte doit avoir un

* L'Antousiasme.

H

esprit divin, & à Platon que dans
les ouvrages des Poëtes, il faut moins
de travail que d'instinct, moins d'étude que d'extase, & que les choses
merveilleuses qui leurs sortent de la
bouche, sont moins de leur esprit
que du Dieu qui les inspir e.

* La perfection des Grands est la
fin de la Poësie heroïque ; le Poëte
arrive à cette fin en purifiant les
passions, c'est-à-dire en proposant
aux Grands des Patrons imaginez &
des modéles fabuleux, mais utiles &
instructifs sur lesquels ils puissent apprendre le bon usage qu'ils doivent
faire de l'amour & de la colere qui
sont les passions ordinaires des heros.

Il est necessaire pour cela que l'esprit du Poëte s'emporte avec les
passions emportées, qu'il suive leurs
égaremens & leurs saillies, pour
mieux remarquer comme il les faut
prendre pour reduire leurs excez

---

* La fin de la Poësie heroïque.

aux mesures de la juste mediocrité, & pour les faire servir à la vertu heroïque.

Ce n'est pas assez qu'il purifie les passions des Grands, il faut encore qu'il forme, qu'il acheve en eux les vertus qui sont dignes de leurs conditions, & qui égalent leurs fortunes.

* Il y a de deux sortes de sujets qui peuvent contribuer à la fin que le Poëte doit se proposer; ce sont les sujets d'incidens & ceux que l'on tire des passions.

Les sujets d'incidens sont d'abord extremement agréables, parce qu'ils ont la grace de la surprise; mais ils ne touchent plus dés qu'ils sont connus. Ceux des passions durent davantage, & ne dégoûtent pas sitôt, car l'ame ne garde pas si long-tems l'impression, que la memoire & l'image des choses que l'on a representées. Il y a de troisiémes su-

* Des differens sujets.

H ij

jets, que l'on appelle des sujets misteres, c'est-à-dire qui sont compo-
sez des sujets d'incidens & de ceux
des passions. Ceux-là sont les meilleurs & les plus heureux, parce qu'ils
empruntent des deux autres, le surprenant & le patetique; mais il faut
sur tout suivre le caractere des specta-
teurs. Les Atheniens qui aimoient les
Republiques se plaisoient à voir representer la cruauté d'un Roi, ou
la rebellion de ses peuples causée par
sa mauvaise conduite. Nous autres
demandons que les Princes soient
heureux & respectez, parce que nous
nous affligeons avec eux, & pour eux
dans leurs infortunes, que leur
gloire nous fait davantage goûter
l'honneur d'obéïr à un Prince toûjours Sage & toûjours Conquerant.

Comme il est des Auteurs indociles,
qui par une trop grande complaisance pour leurs idées, sortent entierement de ces regles croïant atteindre
la liberté du naturel; il en est aussi

de steriles & de languissans qui y
sont si scrupuleusement attachez,
qu'on diroit qu'ils se font un art
d'ennuier par les regles dont ils ô-
tent jusqu'au bon sens. Ces deux ex-
tremitez sont également dangereuses;
dans l'une on est exposé à suivre toutes les saillies d'une imagination souvent déreglée; dans l'autre à souffrir la contrainte d'une regle severe,
qui suprime quelquefois l'agreable
d'un sujet qui plaît de lui-même. Il
faut donc aimer la regle pour éviter la confusion; mais il faut ôter
à la regle toute contrainte qui gêne,
& banir une raison scrupuleuse qui
par trop d'attachement à la justesse
ne laisse rien de libre & de naturel. Il faut aimer la regle pour aider le naturel à n'en point sortir, &
il faut suivre le naturel pour donner
à la regle cet air libre & enjoüé,
qu'elle n'auroit pas sans son secours:
car les regles ne sont que le précis de
cette raison superieure, qui place

toutes chofes dans l'ordre qui leur convient & qui leur eft naturel.

Voilà en general ce que l'on peut penfer fuccinctement fur les regles du theatre. Celui qui le traite dans le heroïque eft merveilleux dans fes ouvrages, tant qu'il eft purement humain : mais il doit s'attacher à être jufte dans fes caracteres, & naturel dans les paffions qu'il reprefente. Il faut qu'il foit heureux & penetrant dans les recherches qu'il doit faire, delicat dans les expreffions qu'il doit emploier, qu'il fçache connoître & bien exprimer ce qui eft de la nature de chaque homme & de chaque caractere ; c'eft à quoi il doit fe reduire pour être concis & pour être vif, & c'eft ce qui a fait les grands Poëtes & les bons Comiques.

Au refte, quand un Auteur a fourni fa carriere, qu'il a fini fes portraits dans toute l'étenduë de fon fujet, & qu'il a diverti, il doit peu fe foucier du jugement des critiques.

C'eſt une réponſe ſans replique aux reflexions chagrines de quelques fâcheux, que de les avoir tirées par la choſe même qu'ils deſaprouvent de l'état ſombre & melancolique qui leur eſt naturel. De telles gens veulent ſouvent ſçavoir s'ils ont ri dans les regles, & chagrins d'avoir été une ſeule fois contens d'eux, ils ne ſongent qu'à s'en venger ſur les autres.

Aprés qu'on eut fait cette lecture, une Dame de la Compagnie en parla avec tant de delicateſſe, que cela donna lieu à un Abbé de ſa connoiſſance de reciter des vers qu'il avoit fait autrefois pour elle : Tout le monde fit ſilence, & l'Abbé recita les ſtances qui ſuivent.

LE PORTRAIT
DE L'AME
SENSIBLE ET DELICATE.
A MAD·· DE V··
VERS IRREGULIERS.

Qu'on ait l'esprit brillant & le cœur élevé,
　　Qu'on ait de la raison & beaucoup de sagesse,
On ne sçauroit former un merite achevé,
Si l'ame est peu sensible & sans delicatesse.

　　　Tel a du dégoût & du discernement,
Qui n'ayant pas dans l'ame un subtil sentiment,
Des belles passions connoît mal le mistere ;
Tout ce que le plaisir a de pur, de charmant,
　　　Fait une impression legere
　　　Sur un cœur qui sent foiblement.
L'image qu'il se fait du bien dont il se flate,
Dés qu'il peut l'embrasser se perd, s'évanoüit :

　　　　　　　　　Au

Au lieu que rien n'échappe à l'ame delicate

Des douceurs dont elle joüit.

❧❦❧

L'ame delicate est sensible

Aux atteintes du mal comme aux attraits du bien;

Elle ressent souvent comme un malheur terrible

Où tout autre ne ressent rien;

Tel affront est mortel à sa delicatesse,

Dont un autre seroit blessé legerement;

Et ce n'est point en elle ou deffaut ou foiblesse,

Mais un noble & vif sentiment.

❧❦❧

Aimant l'honneur avec tendresse,

Elle se pique & s'interesse,

Contre tout ce qui peut attaquer ses amours.

On lui voit aussi-tôt mettre tout en usage,

La gloire appelle à son secours

Tous les efforts de son courage.

Et lorsqu'elle se peut venger avec éclat

D'un ennemi puissant & redoutable,

La vengeance est pour elle un mets si delicat,

I

Que la tab'e des Dieux n'a rien de comparable;

Mais aussi quelque ardeur qui semble l'entraîner

A perdre un ennemi digne de sa colere,

    Dés qu'elle se peut satisfaire

Sa plus douce vengeance est de lui pardonner.

※✿❀✿※

Ajoûtons ce beau trait à l'ame delicate

Pour éviter les noms & d'injuste & d'ingrate;

Tout ce qui porte en soi l'image d'un bienfait,

    Lui semble d'un prix sans limite

Qui se fait mal connoître à celui qui l'a fait.

Il n'est point de faveur qui lui semb'e petite,

Vous la voyez rougir de son peu de merite,

    Vous la voyez s'inquietter,

    Se reprocher son impuissance,

Et sans cesse chercher dans la reconnoissance

    Mille adress.s pour s'acquitter;

Elle fait retentir une grace échappée,

    Un plaisir tombe par hazard

Où l'esprit & le cœur souvent n'ont point de part;

Aimant bien mieux risquer d'être trompée,

    Vo ulant p'utôt l'être en effet

Que de sentir l'inquietude
D'avoir payé d'ingratitude
Ce qui peut passer pour bienfait.

❦❦❦

Que l'ame delicate aime bien son devoir,

On la voit souvent s'émouvoir

Au moindre soupçon qui la blesse ;

Elle le met au plus haut point,

Jusques là toutefois que l'on voit sa tendresse

Craindre pour son devoir, & ne confondre point

Le vain scrupule & la delicatesse.

Quoy qu'elle soit sujette à de fausses terreurs,

Elle en tire cet avantage

De ne tomber jamais en ces fausses erreurs

Où trop de confiance engage.

L'ame delicate peut bien

Prendre dans cette crainte extrême

L'ombre du mal pour le mal même,

Mais n'embrasse jamais le mal au lieu du bien.

Si-tôt qu'elle s'impute une faute legere,

Elle voudroit perir pour se la mieux cacher ;

Son devoir un peu trop severe

I ij

Ne se lasse jamais de la lui reprocher ;
Et pour rendre à sa confiance
Le repos qu'elle s'est ôté ,
Elle ne croit jamais avoir trop acheté
La gloire de son innocence,

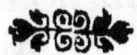

Mais qui pourroit bien exprimer
Tout ce qu'est capable de faire
Une ame de ce caractere ,
Quand elle s'abandonne au doux plaisir d'aimer ?
Avec quels soins & quelle adresse
Un cœur à ce qu'il aime ajuste ses desirs ?
Avec quelle delicatesse
Sa respectueuse tendresse
Se rend un compte exact de ses moindres soupirs.
Il ne cherche, il ne voit que la beauté qu'il aime ;
Il ne sent que l'amour , & trouve peu d'appas
Sans les plaisirs de l'amour même
Si l'amour ne les donne pas.

Voilà , charmante Deocrite ,

Quelle eſt l'image & le merite

De l'ame delicate, ainſi qu'elle eſt chez vous:

Je veux que tout autre ſe flatte

Du nom de bel eſprit ſi privé parmi nous.

Le plus beau don du Ciel eſt l'ame delicate.

Qu'un autre trouve des appas

Dans le titre pompeux de courage heroïque,

Ce grand nom n'a rien qui me pique

Si le delicat n'en eſt pas.

On dit à l'Abbé tout ce que l'honnêteté & la beauté de ſes Vers demandoient qu'on lui dît : Mais tout le monde convint qu'un homme indifferent ne pouvoit avoir écrit ſi galemment à une Dame; ſur tout du merite de celle à qui il les avoit adreſſez. Cela donna lieu à la lecture de la Fable ſuivante, qu'une perſonne de la Compagnie avoit écrite à une autre Dame de ſes amies, qui avoit perdu un homme pour lequel on ſçavoit qu'elle avoit eu des ſentimens fort diſtinguez.

FABLE PREMIERE
Du dixiéme Livre des Metamor-
phoses d'Ovide.

A M..... qui pleuroit son Amant.

ON tient dans le sacré Vallon
　　Que le celebre Orphée, ornement de la Fable,
　　　　Fut fils & portrait veritable
　　　　De Calliope & d'Apollon.

Etant donc le plus noble & le mieux fait de Thrace,
Poëte, Musicien, beau, jeune, plein d'audace,
　　　　Et fidele jusqu'à l'excés,
Dés qu'il lui plut d'aimer, ce fut avec succés;
Mais lorsqu'il resolut d'épouser sa Maîtresse,
　　　　Hymen en vain fut invité
　　　　De venir avec allegresse
　　　　Eclairer la solemnité.
Un noir chagrin parut sur son visage,
Et son flambeau tristement allumé
　　　　Ne donna point d'heureux presage

Comme il avoit accoûtumé :

De forte qu'on jugea qu'un deftin peu propice
Menaçoit le bonheur d'Orphée & d'Euridice,
Et la fuite fit voir qu'on ne fe trompoit pas.

Peu de jours aprés l'himenée

Des plus chatmants plaifirs trifte recours, helas ?

On vit mourir l'Epoufe infortunée

Par la morfure empoifonnée

D'un ferpent caché fous fes pas.

Les regrets de l'Epoux ne fe peuvent décrire,

Et fans doute à qui fçait aimer

Voir mourir ce qu'on aime, eft un cruel martire

Que les difcours ne peuvent exprimer.

Sur cet évenement funefte

Il invoqua d'abord les Dieux de l'Univers ;

Mais aprés mille pleurs & mille vœux offers

Laffé du peu d'effet de la pitié celefte,

Il eut recours à celle des Enfers.

D'un abîme profond qu'on trouve en Laconie

Ce courageux amant traverfa la noirceur,

Et malgré la fombre épaiffeur

De l'air qu'obfcurciffoit la fumée ennemie

I iiij

Jusqu'au pied de Pluton il porta sa douleur,

Et de sa triste voix accordant 1 a douceur

　　　　Avec la plaintive harmonie

D'un luth que secondoient les soupirs de son cœur,

Il fit entendre ainsi le sujet de sa peine.

Roi, dit-il à Pluton, Monarque souterrain,

A qui l'affreuse mort soumet le genre humain,

Un desir curieux n'est pas ce qui m'amcine,

Et ma temerité qui vous tient en suspens,

N'imite nullement ce Guerrier magnanime

Qui vint chercher ici la gloire à vos dépens.

L'interêt d'un amour dont je suis la victime

Me donne bien, helas! autre chose à penser.

Euridice est ici, la mort me l'a ravie,

Et ses charmants appas n'ont pû la dispenser

　　　　De finir une belle vie

　　　　Qui ne faisoit que commencer.

L'Himenée & l'amour au gré de ma tendresse

Venoient d'unir les noms de femme & de maîtresse.

　　　　Heureux Epoux! heureux Amant!

　　　　Depuis peu de jours seulement.

　　　　Je jouissois de ma victoire,

Quand un fatal ferpent jaloux de tant de gloire
Donna le coup mortel à cet objet charmant ,
Et de tous mes bonheurs paffez en un moment
       Ne me laiffa que la memoire.
Contre cette memoire , ou plutôt ce poifon,
J'ay voulu refifter , grand Roi , je le confeffe ;
Mais aprés mille efforts je vois que ma raifon
       Eft d'accord avec ma foibleffe.
Sous le poids des regrets mon efprit éperdu
Me parle à tout moment de ce que j'ai perdu,
Et d'un temps trop heureux ne ramene les charmes,
Que pour renouveller mes foupirs & mes larmes.
Abandonné du Ciel en cette extremité
De fes peres mourant n'ayant plus rien à craindre
       Pour ne laiffer rien d'intenté
De ce que j'ay fouffert je viens ici me plaindre ;
       Je viens par un dernier effort
Par le trifte recit des rigueurs de mon fort
Obliger , fi je puis , vôtre cœur inflexible
       A révoquer l'arreft terrible
Qui condamna fi - tôt Euridice à la mort,
       Helas ! fi vous étiez fenfible

Si vous aviez aimé, vous auriez ...... mais grand Roi

S'il est vrai ce qu'on dit de vos anciennes flâmes,

Vous sçavez aussi-bien que moi

Ce que l'amour peut sur nos ames.

Si vous connoissez donc ce que pesent ses coups,

Si vous avez senti l'ennui qui me devore,

Par respect pour ce nœud si doux,

Qui joint Proserpine avec vous,

Ne me refusez pas la pitié que j'implore;

Redonnez, Euridice à son fidel Epoux.

Cette grace que je demande

N'est pas pour l'exempter de mourir à son tour;

Quelque prodige ici que mon amour attende,

Je sçai qu'il faut mourir un jour,

Et qu'en vain Euridice esperant le contraire,

A la commune loi prétendroit se souftraire.

Non, non, il doit suffire au bonheur de mes jours

Que de son âge entier elle acheve le cours

Sous l'Empire du Ciel qui nous fit l'un pour l'autre,

Redonnez la lumiere à ces feux si constants

Et ne nous condamnez à rentrer dans le vôtre

Que quand nôtre bonheur aura duré long-temps.

Ou si la fiere destinée
Malgré l'ardeur de mes souhaits
A me la refuser est toûjours obstinée,
Du moins consentez desormais
A retenir ici mon ame infortunée.
Vous avez à choisir d'accorder à mes vœux
Le retour d'Euridice, ou la mort de tous deux.
Quelque ennemi que soit le sort inexorable,
Vous pouvez abreger les maux d'un miserable,
Et ce seroit trop de rigueur,
Aprés avoir connu mon deuil inconsolable,
Si cette derniere faveur
Dont on se serviroit pour punir un coupable,
Etoit encor refusée à mon cœur.
Orphée accompagnoit les charmes du bien dire
De si sensibles tons & de si doux accords
Que les plus durs d'entre les morts
Etoient touchez de son martire.
Les criminels d'Enfer, les filles de Belus,
Siziphe, Ixion & Tantale,
Pour écouter cette voix sans égale
Au vain travail qu'ils font ne s'emploïerent plus,

Et même on dit que les Furies

Pour la premiere fois parurent attendries ;

Et qu'une si constante & si vive amitié

Aïant sçû maîtriser leur barbare courage ,

On vit de leurs yeux pleins de rage

Couler des larmes de pitié.

Mais pourquoi differer à vous conter le reste ?

Pluton ceda lui-même à des aveux si doux ,

Et rendit Euridice aux vœux de son Epoux ;

Mais par un caprice funeste

Du destin bizarre & jaloux

Il prescrivit leur marche, & voulut que la Belle

Suivît son mari pas à pas ,

Sans qu'il lui fût permis de se tourner vers elle

Sous peine d'un second trépas ,

Dont en vain son desir rebelle

Voudroit une autre fois racheter ses appas.

Trop content d'un succés qu'il n'osoit se promettre ,

Son cœur à cette dure loi

N'hesita pas à se soumettre ,

Et parmi les détours de ces lieux pleins d'effroi

Ils sçurent en effet s'avancer de maniere

Qu'ils commençoient enfin à revoir la lumiere,

Quand ce trop tendre Epoux, moins prudent

   qu'amoureux,

Par une inquietude amante & meurtriere,

Oubliant de Pluton le decret rigoureux,

     Oza regarder en arriere.

     Fut-il sort plus douloureux !

De son propre malheur miserable complice ;

Un adieu dans les airs tristement proferé

Fut tout ce qu'il obtint de sa chere Euridice.

     Interdit & desesperé

Il vit tomber au fond du precipice

Ce qu'avec tant de peine il en avoit tiré,

En vain il essaïa de la rejoindre encore,

Il fallut retourner sous l'Empire du jour,

Et c'est un point que personne n'ignore,

     Que le malheur de son amour

     Pour jamais depuis son retour

Lui rendit odieux le sexe qu'on adore.

De ce parfait amour dont on fait vanité

     Vous voïez l'inutilité ;

     Aprés la mort de ce qu'on aime

En vain on s'abandonne à d'éternels regrets,

    Et de la volonté suprême

En vain on contredit les celestes Decrets ;

Le mort est toûjours mort, & nôtre impatience

    Qui s'obstine à ne rien souffrir,

    Nous apprend par experience

Qu'elle augmente le mal au lieu de le guerir.

    Mais d'un discours si veritable

    Aucun Lecteur ne fera son profit.

Ce n'est point la raison, c'est le temps qui guerit,

Et si je fais parler mon zele charitable,

C'est que la verité doit couronner la fable,

Si je veux que Philis en aime le recit.

De la Metamorphose on passa à la lecture d'une lettre, où il y avoit plusieurs Sonnets que l'on avoit trouvez bons. Voici dequoi il étoit question.

Fragment d'une Lettre.

Vous ne sçauriez croire combien l'élection de Monsieur le Prince de

Conti à la Couronne de Pologne donne de plaisir à tout le monde. Je
m'assure qu'en cela la joie du peuple
n'est pas ce qui flate le moins ce
grand Prince ; il la voit mêlée de
chagrin & de déplaisir de ce que
nous l'allons per... Que les Polonois sont heureux, & ont montré
d'adresse & de prudence dans ce
choix-là ! Voicy un Sonnet qui leur
est adressé.

SONNET.

*Aux Polonois, sur l'élection de Mon-
sieur le Prince de Conti.*

Peuples à qui les Dieux laissent en partage
L'heureuse liberté de vous choisir des Rois ,
A leurs secrets desseins conformant vôtre choix
Que vous profitez bien d'un si grand avantage,

Il vous en falloit un jeune , vaillant & sage ;
Qui sçût vaincre , regner & conserver vos loix
Illustre par son Sang , fameux par ses exploits
Vous trouvez dans Conti tout ce rare assemblage,

Vous lui rendez un nom que portoient ses aïeux,

Mais un nom qui devient plus grand, plus glorieux ,

Quand le Ciel par vos vœux à ses vertus le donne.

Quelle riche moisson pour vos jeunes Guerriers !

Quelle gloire pour vous de mettre la Couronne

Sur un front tant de fois couronné de lauriers !

Vous voïez bien que l'on entend parler d'Henri III. lors qu'on dit; *Vous luî rendez un nom que portoient ses Ayeux.* Il fut élu à la Couronne de Pologne aprés la mort de Sigismond Auguste, & devint trois mois aprés Roi de France par la mort de Charles IX. son Frere.

Mais puisque je suis sur la Poësie, il faut que je vous fasse part d'un autre Sonnet qui a été fait pour une occasion bien differente ; c'est une Epitaphe d'un Hermite encore vivant , & dont vous avez entendu parler.

SONNET.

SONNET

Sur un Hermite.

PAſſant, ſi ton eſprit eſt aſſez curieux
Pour voir ce que la grace a pû ſur la nature,
Arrête ici tes pas, & vois la ſepulture
Qu'un homme vif & mort a choiſi dans ces lieux.

Il eſt vif, car la mort n'a pas fermé ſes yeux,
Il eſt mort ſeparé de toute créature;
Il eſt vif, car ſon corps prend quelque nourriture;
Il eſt mort, car ſon ame eſt déja dans les Cieux.

S'il eſt vif, que fait-il dans cette nuit profonde?
S'il eſt mort, que n'eſt-il tout à fait hors du monde?
Qui pourra demêler un ſi merveilleux ſort?

Il eſt vif, il eſt mort, ſon ame enſevelie
Conſerve par devoir les marques de la vie
Et ſouffre par amour les effets de la mort.

Que dites-vous de ce Sonnet? Cette diſtribution d'idées n'eſt-elle pas belle? j'en trouve néanmoins la concluſion fauſſe, & je me ſouviens

K

que le Pere Bouhours dans fa maniere de bien penfer fur les ouvrages
d'efprit, a repris la même faute dans
ces vers de Malherbe, fi je ne me
trompe.

> Où leurs ames hautaines
>
> Font encore les vaines
>
> Ils font mangez des vers.

Malherbe parle des Conquerans ;
le Pere Bouhours dit que c'eft
une erreur du Paganifme ; que
les ames ne font point dans le tombeau ; & je trouve veritablement
fort plaifant que Malherbe, par tout
ailleurs fi judicieux, ait mis non feulement l'ame de ces Heros dans le
tombeau avec leurs corps, mais qu'il
ait penfé qu'elles y avoient de la
vanité : il faut qu'il leur en ait crû
bonne provifion, pour la porter juf-
ques-là. Je m'imagine voir ce mort
de confequence, que quelqu'un a fi
plaifamment fait parler à un gueux

mort fur fon fumier, il n'en fçauroit
fouffrir le voifinage, il fe trouve dans
un beau Maufolée, où il eft embaumé
& il dit à l'autre qu'il eft puant, & lui
commande de fe retirer. Cette plaifanterie m'a toûjours parû une Satire
tres-fine, de la fauffe délicateffe de
la plûpart des grands qui fe croient
quelque chofe de plus qu'humain.

Pour revenir à ce que je trouve de
faux dans la penfée de ce dernier
Sonnet, & je crois que vous vous en
ferez déja apperceu, c'eft qu'il dit :

Il eft vif, il eft mort, fon ame enfevelie

Conferve par devoir les marques de la vie

Et fouffre par amour les effets mde la mort.

Le devoir de l'ame eft d'animer le
corps tant qu'elle lui eft unie ; fi cette
union fe rompt, le corps eft mort :
& fi l'Hermite eft mort, ce n'eft plus
le devoir de l'ame de l'animer. D'ailleurs il me femble qu'une ame vit
toûjours, & qu'elle ne conferve pas

K ij

par devoir les marques de la vie ; je
vois bien que l'on peut dire qu'elle
conserve ces marques au corps : mais
comme il est entierement question de
l'Hermite, j'aimerois mieux dire :

> . . . . son ame enfevelie
>
> Lui donne par devoir les marques de la vie.

Aimez-vous bien d'ailleurs le terme
de *vif* ? je sçai qu'il est opposé à *mort* ;
mais il me semble qu'il signifie autre
chose qu'être vivant. Cet homme est
vif, il a de la vivacité, c'est ce que
j'entends ; & ici l'on veut dire qu'il est
vivant, qu'il vit, qu'il n'est pas
mort, c'est toute autre chose à mon
sens ; quoi qu'il en soit, ce Sonnet ne
laisse pas d'être toûjours fort beau.

Puis que je suis sur les Epitaphes, je
ne vous quitterai point que je ne vous
aie encore dit une Paraphrase de ces
paroles ; *Sic transit gloria mundi* ; Elle
est au bas d'un tombeau d'un Grand.
Elle a paru belle, & c'est une refle-

xion que nous devrions tous faire.
Mais helas ! ceux qui en font de pareilles pour les écrire , font bien fouvent ceux qui en profitent le moins ,
la voici.

PARAPHRASE

de ces paroles : Sic tranſit gloria mundi.

Figure du monde qui paſſe ,

Et qui paſſe dans un moment ,

Des biens & des grandeurs funeſte amuſement ,

Dont un mortel s'enivre & jamais ne ſe laſſe :

Dequoi ſert cet éclat à l'heûre de la mort ?

Il ne peut ni changer , ni retarder le ſort

... nous en fourniroit une preuve éclatante.

*
*
*

Aprés les grands Emplois , à quoi bon tant courir

A mille ſoins fâcheux ? Cet embarras nous livre,

Et quand un grand Seigneur n'a pas le temps de vivre,

Il trouve rarement le temps de bien mourir.

EPITRE

A une Caille, dont l'Auteur avoit fait present à M ....

Vous qui viviez jadis à mes dépens
Que nourrit maintenant une aimable maîtresse
O Caille c'est à vous que ce discours s'adresse,
     Ecoutez-moi quelques momens.
Je sçai vôtre embonpoint, & vous en felicite
A ce qu'on m'a mandé vous vous portez si bien
Que si de vos repas vous ne retranchez rien
Vôtre cage bien-tôt deviendra trop petite.
     J'en suis ravi, mais écoutez,
Songez à meriter s'il se peut les bontez
       Qu'a pour vous la belle finette ;
Les soins qu'elle vous rend sont de grandes faveurs,
     Et mille amants que sa fierté rejette
Païeroient de leur sang de pareilles douceurs
     Or sçachez donc comme il faut vous y prendre

Pour bien faire vôtre devoir

Primo, jamais vos chants ne se feront entendre

Ni de grand matin, ni le soir ;

Aiez pour son repos beaucoup de complaisance,

Il est bien des Amants qui valent mieux que vous

Qui se contraignent au silence

De peur d'attirer son courroux,

Quand vôtre maîtresse viendra

Pour vous donner vôtre pitance

Baisez le bout du doigt qu'elle presentera,

Puis bien honnêtement faites la reverence.

N'allez pas, s'il vous plaît, sortant de vôtre trou

Avancer vôtre nez pour lui baiser la bouche

Si je sçai seulement que vôtre bec y touche

A mon retour je vous tordrai le cou.

Si vous voïez quelqu'Amant temeraire

Du chapeau seulement toucher son falbala

Criez bien fort, qualcaïlla, qualcaïlla,

Agitez-vous, mettez-vous en colere,

Faites venir à vous pere, sœur, frere, mere

Et contraignez le drole à décamper de-là.

Ainsi le juste Ciel propice à mes souhaits

Empêche que de vous, ni chien ni chat approche
Conſerve vôtre graiſſe, augmente vos attraits
Et vous preſerve de la broche.

L'impatience de celui qui recita cette Epître, fit connoître qu'il en étoit l'Auteur; mais parce qu'on la trouva fort plaiſante, on lui pardonna de s'être trop preſſé de la dire.

Je n'oſerois, dit ce Cavalier, vous rien montrer, aprés les railleries que vous venez de faire de l'empreſſement que M. de C. a témoigné, vous iriez me croire l'Auteur d'une choſe que vous ne trouveriez peut-être pas bonne, & j'ai trop d'amour-propre pour me vanter d'avoir fait quelque choſe de mauvais. Nous n'en dirons rien, reprit un plaiſant, liſez toûjours. Sur vôtre parole je vais donc commencer, dit ce Cavalier. Il tira de ſa poche un rouleau de papiers, & il dit que c'étoit la premiere relation d'un petit voïage, égaïée par d'aſſez
bonnes

bonnes chofes, vous m'allez païer, dit-il, voici ce que c'eſt.

✽✽✽✽✽✽✽✽✽✽✽✽✽✽✽✽✽

LETTRE
A MADAME A...

VOus vous plaignez, Madame, de ce que je ne vous écris pas, & que vous apprenez de tout le mon- de ce que vous ne devriez ſçavoir que par moi; ce n'eſt donc pas une Lettre, mais une Hiſtoire que vous me de- mandez. En verité dois-je vous la faire, aprés que M. N... s'en eſt mêlé, vous ne trouveriez pas dans ma maniere de raconter, autant d'a- grément d'eſprit & de vivacité qu'il en ſçait mettre dans tout ce qu'il dit. Il faut vous en tenir là, Ma- dame, s'il vous plaît, mon voïage de Normandie ne vous feroit plus de plaiſir, & s'y perdroit s'il ſortoit de ſa bouche; il ſçait les choſes d'ori-

L

ginal. Je les lui ai dites moi-même,
& il vous les a embellies de toute la
beauté de son imagination ; je n'ai
qu'à vous envoïer les vers dont il
ne s'est pas souvenu , le recit seul de
mon voïage vous en fera voir l'application.

Monsieur le Marquis de ....
qui est de Normandie & de mes a-
mis , avoit été taxé pour la capitation à une somme fort considera-
ble; elle alloit à 1500. liv. pour lui,
ou pour deux de Messieurs ses fils qui
sont au service. Il vint à Paris chercher le moïen de faire moderer sa
taxe; il me fit l'honneur de m'y venir voir. Un jour que nous étions
ensemble , il se plaignoit de cette
maniere : J'ai servi le Roi vingt ans;
mes deux enfans sont à son service ;
je leurs fais de grosses pensions pour
les entretenir ; j'ai peu de bien , &
l'on me taxe à une somme de 1500.
livres , comment veut-on que je la
païe ? Vous voila bien embarassé ,

lui dis-je, vous avez des enfans à l'armée; prenez des Lettres d'Etat contre le Roi. Ne me railliez pas, me répondit-il, je ne sçaurois rire de ceci; aidez-moi à trouver le moïen de sortir de cette malheureuse taxe, & aprés nous rirons tant qu'il vous plaira. Nous prîmes donc heure pour aller le lendemain chez une personne, qui devoit nous donner là-dessus des instructions.

Le soir en me couchant, la réponse que je lui avois faite me vint en pensée; elle me plut, & l'aïant trouvée plaisante, je tâchai de la mettre en vers & d'en faire un Madrigal; je le lui montrai le lendemain; cela lui donna occasion de me demander si je voudrois lui faire un Placet au Roi du même goût; il ajoûta qu'il le feroit présenter à sa Majesté par M. le Duc de C... & qu'il seroit peut-être plus heureux que toutes les tentatives que nous pourrions faire auprés des Traittans. Je m'en-

gageai de faire le Placet aux conditions que je ne l'écrirois point, que
je le lui dicterois, & que je ne le
reconnoîtrois plus dés qu'il auroit
passé le pas de ma porte ; je crai-
gnois qu'on ne le trouvât trop hardi ; il se chargea de l'évenement, &
me quitta pour me laisser le loisir
d'y travailler.

Je ne vous envoïe point le Madrigal que je fis, parce que ce n'est
autre chose que le Placet plus au
long, le voici.

PLACET
AU ROY
SUR LA CAPITATION.

AU milieu de tous les hazards
   Qu'on trouve dans les champs de Mars,
Grand Prince, sous tes loix j'ai passé vingt années ;

J'esperois y finir mes jours
Si le Maître des destinées
De ce noble dessein n'eût arrêté le cours
Par le plus doux des hymenées.
Or deux fils font le fruit de mes tendres amours,
Qui suivans les leçons que je leurs ai données
A l'âge de vingt ans, Officiers déja vieux,
Font leurs devoirs à qui mieux mieux.
J'ai fait jusques ici par de-là ma puissance,
Pour fournir à leur subsistance.
Mais helas ! aujourd'hui la Capitation
Me force à retrancher leur foible pension.
Que deviendra donc, grand Monarque,
L'ardeur qu'ils ont de te servir ?
Quel témoignage & quelle marque
T'en rendront-ils à l'avenir,
Si dans le desespoir où l'impuissance jette,
Ils font contraints de faire une retraite
Honteuse pour eux & pour moi ?
Tu peux seul empécher cette chûte cruelle;
Commande à Pontchartrain, ton Ministre fidele,
De me dispenser de ta loi,

L iij

Où souffre que je prenne en faveur de leur zele
Des Lettres d'Etat contre toi.

Monsieur le Marquis prit le Placet
& le trouva bon. Je vous ai dit,
Madame, de quelle meilleure protection il le fit appuier ; il y réüssit.
Quelques jours aprés il vint m'en apprendre le succés, & me dit en m'em-
brassant, qu'il n'en tairoit plus l'auteur, que ce seroit manquer de reconnoissance. Il prétendoit ainsi
mettre sur mon compte ce qu'il ne
devoit qu'à la magnanimité toute
genereuse de sa Majesté & à ses
services. Un moment aprés m'avoir
conté comme tout s'étoit passé, il
ajoûta, d'un air sérieux, Je vous in-
sulterois si je vous offrois de l'argent.
*Point du tout, lui dis-je, je suis assez
mauvais Poëte pour avoir besoin d'une
recompense ; des vers païez dans le
siecle où nous sommes, sont d'un merite tres-considerable ; je ne refuserai
point vôtre argent : donnez & vous*

souvenez, Monsieur, que c'est insulter à un Poëte de lui dire qu'on lui fait tort de le paier. Je lui dis cela d'un air aussi sérieux, que celui qu'il avoit pris. Vous vous seriez pâmée de rire de voir sa contenance, & l'étonnement où je le mis ; mais je ne pus tenir plus long-temps, il falut rire & le desabuser. Un moment aprés nous sortîmes pour aller dîner ensemble avec un de ses amis ; nous conclûmes pendant le repas, que je les viendrois voir les vacances, & qu'ils me promeneroient en qualité de Bel-Esprit par toute la Normandie, que je n'avois veuë que dans nos cartes.

Vous sçavez, Madame, par quels endroits cette Province m'est chere ; j'aime tout ce qui me parle de ce que j'ai perdu, & je cherche à conserver une si agréable idée, par les lieux que M. B... a frequentez par la présence de ses amis ; j'amuse ainsi la douleur que j'ai de ne la voir

L iiij

plus : Quelque jours après , M. le
Marquis me fit renouveller la pro-
messe que je lui avois faite ; nous
convînmes même que je prendrois
le Carosse de Paris jusqu'à Mantes,
& que là j'y trouverois le sien pour
me mener jusqu'à sa Terre. Nous
étant ainsi reciproquement obligez
par serment de tenir chacun ce que
nous promettions, nous nous embras-
sâmes & il partit.

Les vacances venuës, deux jours
avant mon départ , j'écrivis au Marquis de cette maniere. Il faut vous
dire , pour vous faire entendre ma
Lettre , qu'il m'avoit écrit fort galamment plusieurs fois, que mon
Placet avoit rendu plusieurs personnes impatientes de me voir , qu'il
s'étoit fait feste de me produire ,
& qu'il y avoit plus d'une belle qui
aïant veu de mes Lettres, souhai-
toit de voir si ma figure leur plairoit
autant que mon esprit. Voici ma
Lettre.

LETTRE
A Monſieur le Marquis
D. E. L. A. M.

VOs belles ne languiront plus, Monſieur, je pars Lundi pour les ſoulager ; cependant tenez-les toûjours en haleine, je ſerai bientôt à vôtre ſecours, je crains fort neanmoins qu'un ſecond comme vous ne gâte beaucoup mes affaires, & qu'au lieu de les avancer, je ne les perde tout à fait par ma préſence. Il y a telles choſes au monde, dont on ne fait jamais tant de cas, que lorſqu'on ne les voit point, & aprés tout, quelle idée peut-on tant ſe faire d'un Poëte (ſi Poëte y a s'entend) pour en rétablir ſa reputation ? car le métier eſt gâté, tout le monde s'en mêle ; j'aborderai Mantes a-

vec un équipage à six chevaux ,
deux coureurs & trois chevaux de
main , menez par deux valets ; j'ai
fait renouveller ma livrée , elle eſt
des plus magnifiques & des plus é-
clatantes ; j'aurai ſoin que ſix mu-
lets chargez , qui partiront devant
moi le même jour , ſe tiennent ſur
le chemin aſſez loin l'un de l'autre ,
pour l'occuper tout entier, afin qu'on
ſçache que j'arrive , & que l'on demande à qui cela eſt. Sçavez-vous
un Poëte qui ait marché de ſi bonne grace? A vous dire neanmoins les
choſes naturellement comme elles
ſont , je n'ai rien de tout cela.

Je pars ſeul comme un grand garçon ,
Mon pacquet fait dans un chauſſon ,
Et c'eſt toûjours mon ordinaire ,
Vous ſçavez cependant que j'aurois pû mieux faire ;
Mais j'aime à vivre ſans façon ,
Et je trouve cette maniere
Plus commode & plus cavaliere :

Au reste , il est permis de paroître gascon
Quand on se sent de la lisiere.

J'arriverai Lundi à Mantes, & j'y
trouverai, s'il vous plaît, vôtre carosse, pour aller dîner le lendemain
chez vous. Je suis toûjours, Monsieur, avec toute l'estime & la con-
sideration possible : Vôtre, &c.

Je ne sçaurois vous dire assez ,
Madame, avec quel accüeil je fus
receu de M. D... rien n'est plus
genereux ni plus honnête que ce
Gentilhomme. Il se donna la peine
de venir lui-même dans son carosse
avec deux de ses amis jusqu'à Mantes ; de là nous fûmes dîner à sa
Terre. J'y trouvai bonne compagnie, des Dames parfaitement belles , & de jeunes Gentilshommes
bienfaits ; le jeu, le vin, la bonne
chere & l'amour, y étoient dans
tout leur luxe ; il y avoit assurément à choisir. Ma reputation, disoit galament M. le Marquis, avoit

aſſemblé chez lui d'auſſi belles Dá-
mes ; jamais elles ne lui avoient fait
l'honneur d'y venir en auſſi grand
nombre. En entrant je trouvai
les viſages ſi compoſez , que quelque reſpect que je duſſe à des perſonnes de conſideration que je ne
connoiſſois pas encore (vous ſçavez mon foible) je ne pus m'empêcher de rire de leur contenance ; il
me vint mille idées extravagantes &
ridicules dans l'eſprit, j'eus beau me
mordre les lévres & me pincer, il
falut éclatter , & qui pis eſt , c'eſt
qu'on n'avoit encore rien dit , pas le
moindre petit mot qui pût me ſer-
vir de prétexte. Vous ne ſçauriez
croire combien cela demonta la Compagnie. Dés que je m'en apperçûs
mes éclats redoublerent , & on me
vit rire de ſi bon cœur qu'on prit
le parti de rire auſſi ; de ſorte que
nous étions bien aſſurément quinze
ou ſeize, qui rions de toutes nos forces ſans ſçavoir de quoi. Il en falut

dire honnêtement la raison , & je
m'en tirai à mon ordinaire , c'est-à-
dire fort mal , & par un faux fuïant;
neanmoins comme je suis heureux ,
ce qui auroit dû rebuter la compa-
pagnie me la familiarisa. Nous nous
connûmes sur le champ , on se défit
des idées gênantes que l'on s'étoit
fait d'un bel esprit , & l'on me re-
garda comme un autre homme. J'y vis
des gens dont l'attention m'inquié-
toit , d'autres qui m'écoutoient en
tendant le col & en ouvrant de gros
yeux qui faisoient peur. Ces gens-
là , Madame , ont des oreilles qui
en feroient bien davantage si on
les voïoit ; la moindre chose les
leur fait ouvrir aussi grandes qu'ils
les ont , & c'est souvent tout ce
qu'on en peut avoir au monde.

Pour les Dames , je fus badin a-
vec les enjoüées , sérieux avec les
prudes , vif & galant avec les co-
quettes , civil & complaisant pour
toutes ; il ne fut question que de

faire un choix, je le fis ; une grande perſonne qui demeuroit chez le Marquis, me détermina, & quoiqu'elle n'eût pas l'extrême jeuneſſe de quelques autres de la compagnie, ſa taille qui eſt belle & grande, & ſa phiſionomie ſpirituelle, me rendirent ſa conquête ; ce fut moins toutefois par ſa beauté que par ſon eſprit & par ſes manieres galantes, que l'uſage du monde lui a donné. On ſe mit à table, je fûs placé auprés d'elle. La converſation fut entre nous deux, & l'on connut bientôt que nous ne nous haïſſions pas.

Le choix d'un homme qui paſſoit pour avoir de l'eſprit, ne pouvoit manquer de donner de la jalouſie, Deux belles en eurent, mais ſi honnêtement, qu'elles ne m'en firent aucune confidence ; elles ſe contenterent de médire en leur particulier de mon goût & de mon choix ; car en ma preſence elles eurent ſoin que

ce fuſſent les domeſtiques. Je leur
ſçû bon gré de leur fierté, & les en
eſtimai davantage:mais elles ne m'en
traitterent ni mieux, ni moins qu'auparavant ; les unes croïoient que
je ne m'étois declaré en faveur
de cette belle, que par honnêteté
pour le Marquis, chez lequel elle
demeuroit ; d'autres que ſon humeur
me rebuteroit bien-tôt de ſon eſprit,
& que je reviendrois à elles. Voilà
une peinture aſſez naïve de mon a-
mour propre ; quoi-qu'il en ſoit, on
penſoit que j'aimois chez elle l'eſprit, parce que diſoient-elles, j'en a-
vois infiniment. L'aprés-dîné il en
falut donner des marques ; on fit
des chanſons, on s'en réjoüit quelque temps ; enfin m'étant retiré un
quart d'heure dans un cabinet, où
je trouvai de l'encre & du papier, je
fis pour ma nouvelle maîtreſſe cette
declaration d'amour en Ballade ; vous
en verrez les differens ſens, lorſque
je vous aurai dit qu'elle fit l'incre-

dule mieux que perſonne du monde,
ſur les ſentimens que ſon merite m'a-
voit inſpirez.

Je mis le papier ſur lequel j'avois
écrit ces vers aſſez negligemment
dans ma poche ; je ne ſçai comme
il en ſortit, mais je n'aurois pas été
plus heureux quand je l'aurois fait
exprés. Le Marquis les trouva, ou
les vit tomber, & aprés qu'il en eut
fait lecture en particulier, il fut les
porter à Mademoiſelle de... qui eſt
le nom de celle que j'aimois : il me
fit un compliment auſſi bien qu'à
elle, en lui diſant : Vous n'aurez
pas de peine à deviner d'où cela
vient. La Compagnie s'intereſſa, on
voulut ſçavoir ce que c'étoit ; la
belle lut.

BALADE,

L'amour avec des traits de feu

A gravé dans mon cœur une brave charmante,

Belle plus que Venus, plus vive & plus touchante

Et

Et plus digne des feux d'un Dieu.

Lui consacrer tous 'es jours de ma vie,

L'aimer, la servir, l'adorer,

C'est mon unique fin & mon unique envie,

Pourquoi donc me desesperer ?

Je la cherchois en vain parmi tous les appas

Des belles que Paris assemble,

Mais aucune ne lui ressemble,

Et toutes ne la valent pas.

C'est donc en ce jour que commence

Un bonheur qu'autrefois je pouvois desirer :

Je suis plus heureux qu'on ne pense,

Pourquoi donc me desesperer ?

Iris qui connoissez le pouvoir de vos yeux,

D'un amour naissant & timide,

Qui craint de vous voir trop rigide,

Souffrez l'aveu respectueux :

Mais helas ! dois-je vous le dire ;

Pour quelqu'autres un moment pourrois-je soupirer,

Ceci n'est pas un jeu pour rire,

Pourquoi donc me desesperer ?

M

Elle y applaudit avec tous les autres ; mais elle nia qu'ils euſſent été
faits pour elle. Je pris la parole, &
lui dis que c'étoit ſe deffendre &
vouloir excuſer ſon ingratitude par
un bien mauvais endroit ; que quand
il ne ſeroit pas vrai que les vers euſſent été faits pour elle, l'amour propre auroit dû l'en convaincre, &
l'honnêteté le lui faire croire. Il n'y
a perſonne, ajoûtai-je, à qui cela
convienne mieux dans la ſituation
où nous ſommes ; mais il faut vous
mettre entierement dans le tort ; je
me ſens aſſez d'amour pour faire des
choſes extraordinaires, ſi vous me
promettez d'être reconnoiſſante, ſi
je fais des vers ſur vôtre incredulité, en vôtre préſence & ſur le
champ. Elle me prit au mot ; &
comme le feu des Poëtes n'eſt jamais
plus vif ni plus brillant que lorſqu'il
eſt animé de celui de l'amour, je
fis ce Madrigal ſur le champ.

MADRIGAL.

SI par mes foins & ma fidelité

De mon amour je pouvois vous convaincre,

Auffi faci'ement que d'incredulité,

Vous feriez facile à vaincre ;

Voici des vers que l'amour irrité

De ne pouvoir à fes loix vous contraindre

A fait lui-même & m'a dicté,

Soïez auffi facile à vaincre

Qu'à les faire pour vous j'ai de facilité.

A qui me joüois-je, Madame, & quelle fut ma furprife ? j'avois à faire à un des plus jolis efprits de la Province. Dés que cette belle eut lu mon Madrigal, elle prit la plume & m'y répondit de cette maniere fur les mêmes rimes.

M ij

REPONSE AU PRECEDENT,
Madrigal sur les mêmes rimes.

NI les soins, ni les vœux, ni la fidelité

D'aucun amour ne pourront me convaincre ;

Car j'ai sur ce point fait vœu d'incredulité,

De m'en voir pour vos feux vous ne vous sçauriez
plaindre,

L'amour n'en est pas irrité,

Et s'il eût voulu m'y contraindre,

Sans doute il ne m'eût pas dicté,

Qu'un cœur aussi facile à vaincre

A pour se dégager plus de facilité.

Nous admirâmes la justesse & la vivacité de cette repartie, & je devins plus amoureux que jamais.

M... vous a raconté, Madame, ce qui se passa pendant huit jours que je fus dans le même lieu avec les mêmes personnes ; il a les vers &

les chanfons que l'on fit de part &
d'autre : je n'ai qu'à vous dire que
nous fûmes à Caën ; je vis tout ce
qu'il y avoit de gens de confidera-
tion dans cette Ville ; elle eft belle,
bien bâtie & affez grande ; les Dames y font jolies, & la politeffe y
regne plus communément qu'en aucune autre Ville du Roïaume ; nous
y fûmes trois jours, & de-là au
Hâvre.

Aprés avoir fait nôtre tournée,
nous revînmes chez le Marquis ; j'y
trouvai à peu prés la même Compagnie, & M. D. C. pour laquelle j'af-
fectois plus d'indifférence qu'avant
mon départ. Elle me demanda deux
jours aprés mon retour, comment
je trouvois les Dames de Caën, &
qu'elle m'avoit prédit que je n'en
reviendrois pas comme j'y étois allé. Je lui fis là-deffus beaucoup
d'honnêtetez, & lui répondis que
j'en étois revenu le même, c'eft-à-
dire, toûjours amoureux d'elle, &

l'admirant plus que personne du monde. Elle me fit là-dessus des railleries, sur les galanteries que j'avois faite dans cette Ville à Madame de la L. Le Marquis croïant me faire honneur, avoit raconté à la Compagnie en mon absence, combien j'avois été empressé auprés de cette Dame, & les amitiez que l'on m'avoit faites. Chacun y ajoûta du sien, & l'on me composa sur le champ une histoire, dont je ne pus me tirer, tant on avoit pris soin d'enchasser le faux dans la verité. M. de C. concluoit de-là pour son insensibilité; elle disoit tout haut qu'elle se rendoit justice, & qu'elle sçavoit bien n'avoir point assez de charmes pour attacher un homme comme moi; mais qu'il étoit dommage que je voulusse me donner le ridicule de persuader ce qui n'étoit pas, que rien n'étoit plus aimable que d'avoir de l'esprit, mais qu'il faloit aussi avoir de la bonne foi. La compagnie se joignit à la guerre qu'elle me faisoit, & les uns & les autres m'aïant fait differentes questions, ausquelles je répondis comme je pus, M. D. C. que mes sermens ne pouvoient convaincre de ma fidelité, me dit qu'elle ne se plaignoit pas de mon inconstance, parce qu'elle s'y étoit attenduë, qu'elle vouloit même se flatter que je l'avois aimée pendant quelques heures; mais qu'elle me demandoit un aveu sincere que j'étois changé, me promettant toute son estime, & une amitié qui approcheroit assez de la mienne; je pris une plume & je lui fis ce Madrigal pour réponse.

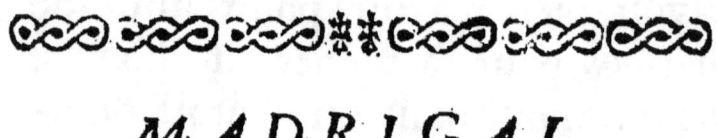

MADRIGAL.

Vous vou'ez donc que je nie
En belle & bonne compagnie
L'ardeur que vous avez allumé dans mon cœur;

La pensée m'en fait horreur,
Changez d'opinion, daignez un peu m'en croire,
A faire un tel aveu je ne puis consentir,
C'est trop interesser ma gloire,
Et je n'aime pas à mentir.

On trouva la declaration délicate, & tout le monde alors me crut
sincere; nous passâmes trois ou quatre jours ensemble : & pour finir,
Madame, un recit qui pourroit vous
ennuïer, & que M. N. doit vous a-
voir fait plus agréablement, la belle
ne répondit point à mes tendresses
comme je l'aurois voulu ; quelque
honnêteté qu'elle me fit d'ailleurs,
ce n'étoit toûjours que de l'honnêteté ; je m'en plaignis, & comme
je ne gagnois rien par mes plaintes,
un dépit Poëtique me prit, & pro-
fitant de ma saillie, je lui dis :

Jusqu'au plus profond des enfers,
J'aurai soin de cacher mes peines,

Et

Et vous n'aurez plus inhumaine
L'honneur de triompher plus long-temps de mes fers.

Au reste, Madame, je n'ai jamais fait tant de vers en ma vie que dans ce voïage. J'y vis des sots & des gens d'esprit comme par tout ailleurs. Ils auront differemment jugé de moi. Je suis, &c.

LETTRE

A Madame L. P. A. en lui envoïant un Livre.

JE vous envoïe, Madame, le Livre dont j'eus l'honneur de vous parler avant mon départ pour L...
Quelques raisons que j'eusse de cacher à tout le monde que j'en suis l'Auteur, j'espere m'être fait un merite auprés de vous, de vous l'avoir

N

avoüé. Ne penfez pas que je dife
ceci par une fauffe modeftie, je m'y
prendrois mal, de l'accompagner du
prefent que je vous fais; je ferois
bien aife pourtant que vous y trou-
vaffiez quelque chofe qui pût me
venger des honnêtetez que je reçois
de vous : mais les perfonnes de vôtre merite, fe dédommagent fi peu
par autrui de n'être pas toûjours a-
vec elles-mêmes, que je nefçai comment m'acquitter.

Cependant quoique mon ouvrage

Pû t'être par vous rebuté,

Daignez lui faire bon vifage,

Vous ne l'avez pas acheté.

Il me prend envie d'en envoïer
des exemplaires à tous les honnêtes
gens que je connois; ce fera le moïen de
me les rendre favorables, & je crains
de n'en avoir pas autant à diftribuer
que je le voüdrois; mais pour revenir
au merite de mon Livre : (car je
dois vous en entretenir.)

Il tiendra sur une tablette

Autant de place qu'un meilleur ;

Ce sera de ceux que l'on prete

Et qu'on laisse de tout son cœur.

Contez que ce n'est pas un petit avantage. Au lieu qu'il y a tels Livres que l'on ne voudroit pas deplacer de sa Bibliotheque pour vingt & trente pistoles, on prête, on donne, on fait galanterie de ceux-ci, le mien vous deffera de mille importuns, & vous accommodera en cela, que vous pourrez les renvoïer fort contens dés la premiere page.

Estant d'un beau titre pourvû,

Il est de facile défaite ;

Vous trouverez des gens qui ne l'auront pas lû.

Si tard que vous en fassiez feste

Je sçai comme vous voïez prevenir les railleries.

Cependant quand on est Auteur

On doit à ses écrits certaine complaisance,

Qu'on s'accorde de tout son cœur :

N ij

C'eft de leur prix fouvent l'unique recompenfe.

Il vaut mieux en avoir pour foi que pour autrui,

Et c'eft, encore un coup, ma foi, le moindre fruit

Que l'on puiffe tirer du foin qu'on prend de plaire,

 Qu'on dife de mon Livre ainfi ce qu'on voudra,

 Je n'en ferai plus mon affaire.

Je prendrai feulement le temps comme il viendra.

  Si vous blâmez ma fierté,

  Je dirai felon ma franchife ;

  Se loüer trop c'eft vanité,

  Médire de foi c'eft fottife.

Cette reflexion n'eft-elle pas bien d'un méchant Auteur ? Pour ne laiffer pourtant rien à vous dire, je fuis fur le même pied de l'avare, qu'Horace fait parler dans la premiere de fes Satires : *Populus me fibillat at mihi plaudo, ipfe domi folus nummos comtemplor in arca* ; cela veut dire en François,

 Que du public partout mon Livre foit fifflé :

 Qu'on dife que je l'ai de cent contes renflé ;

Honnêtement je le veux croire.

Pour moi j'en dois être content ;

Car si j'en tire peu de gloire ,

J'en ay reçu de bon argent.

Et en verité , qui tiendroit dans le siecle où nous sommes , contre .... pistoles ? Un Livre vaut tout ce qu'il rend , à ce qu'on dit. Voïez si pour un Auteur , je n'ai pas bien de la modestie. Je suis, Madame, avec toute l'admiration & le respect que l'on vous doit : Vôtre, &c.

A Monsieur L. G. M.

VOici une occasion où je puis vous citer un exemple, sans prétendre qu'on le doive suivre, sur ce que je vous disois dernierement. Je le tire d'une harangue que l'on a fait à la Chambre des Comptes ; elle

est toute d'une frase. Vous verrez
que l'on peut fort bien faire un difcours sans division, sans aucun plan,
& tout d'une tirade. Je vous dirai
neanmoins, qu'en lisant celui-ci, je
me suis souvenu de ce que petit-Jean
dit dans les plaideurs.

Quand je vois le soleil & quand je vois la lune,

Quand je vois les Cesars, quand je vois leur fortune.

J'ai dit de même que Chicano;
& quand diable auras-tu tout vû? Vous
rirez de ma saillie, lisez, vous verrez
si elle n'y vient pas.

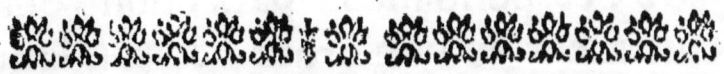

HARANGUE
de M.... à sa reception à la Chambre des Comptes.

Lorsque je considere que cette
Illustre Compagnie, devant

laquelle j'ai l'honneur de paroître,
est la plus ancienne de toutes celles
du Roïaume, que toûjours égale à
à elle-même, elle a soutenu dans
tous les temps l'antiquité de son origine par la dignité de ses emplois,
par l'importance de ses services, &
par le merite des personnes qui l'ont
composée ; que dépositaire de l'autorité suprême de nos Rois ; elle e-
xerce une Jurisdiction qui s'étend
presque par toute la France, &
que son zele pour leur gloire va de
pair avec sa puissance ; que ses fonctions la rendent également necessaire, & pendant la paix, dont elle
entretient le bon ordre, & pendant
la guerre dont elle fournit les moïens.
Que toûjours éclairée dans ses vûës,
ferme dans ses maximes, constante
dans sa fidelité, sage, égale & cir-
conspecte dans les regles d'œcono-
mie ; elle met heureusement nos Rois
en état d'ajoûter la magnificence à
mille titres differens, qui les élevent

au-deſſus de tous les autres ; de faire le bonheur de leurs peuples , de
fixer l'amitié de leurs alliez , &
d'être la terreur de leurs ennemis ;
qu'elle eſt le canal par où les graces
du Prince découlent avec honneur
ſur ſes Sujets , qu'elle reprime l'avi-
dité des adminiſtrations intereſſées ,
& venge les deniers publics de l'a-
varice , ou de la negligence de quelques particuliers ; qu'elle conſerve
un nombre infini d'archives , titres
authentiques des prééminences de la
Couronne , fondement inébranlable
de la verité de nos hiſtoires , gages
ſacrez de la confiance , & reſte précieux des plus illuſtres familles , &
qu'à l'avantage d'avoir un Chef ap-
pellé aux honneurs de ſes ancêtres,
par la ſucceſſion de leurs vertus , elle
joint en celui de n'admettre aucun
Magiſtrat qu'il ne ſoit d'une diſtin-
ction éprouvée. Je vous l'avouë ,
Meſſieurs , je me trouve également
charmé & ébloüi , de la majeſté de

cet augufte Senat ; j'admire, je fou-
haite, j'efpere, j'appréhende, & peu
s'en faut qu'un crainte refpectueufe
ne l'emporte en moi fur une ambition honnête. Je fens combien il eft
glorieux d'être admis par vos fuf-
frages, Meffieurs, dans le foin des
affaires publiques ; mais je conçois
aifément que cette gloire doit être
la jufte récompenfe d'un merite déja
acquis ; & comme je n'ai à vous pre-
fenter qu'un defir fincere de profiter
de vos lumieres, & d'imiter vos e-
xemples, d'étudier vos maximes, &
d'executer vos ordres : je fuccombe-
rois fans doute fous l'entreprife que
j'ai formée, fi vous-mêmes, Meffieurs, ne faifiez toute ma confiance. La bonté eft pour les grands
hommes, quelque chofe de plus
qu'une vertu, ou une neceffité de
bienféance ; ma foibleffe ne me permet pas de m'élever jufqu'à vous,
le poids de vôtre propre grandeur
vous fera defcendre jufqu'à moi, &

Je me flatte de l'esperance, que me faisant ressentir dés à présent dans ma reception les effets de vôtre indulgence, vous voudrez bien me mettre en état de marquer par mes actions dans toute la suite de ma vie une fidelité inviolable au service de Sa Majesté, & un attachement respectueux pour cette auguste Compagnie.

FRAGMENT D'UNE Lettre.

Madame de L. G. aïant perdu un levron, pour qui elle avoit des tendresses que tout le monde envioit, fut fort affligée de sa mort. Elle la pleuroit publiquement, & ses amis venoient la voir & lui en rendre des visites tres-serieuses. Quoi-qu'ils y allassent tous pour le même sujet, je veux dire, pour lui témoigner la part qu'ils prenoient à sa douleur,

ils n'en avoient pas tous autant qu'ils
le difoient, ou qu'ils affectoient d'en
montrer : chacun avoit fon deffein ;
il y en avoit même d'affez inhumains
pour fe réjoüir en fecret de cette
mort. Les uns étoient ravis de lui
voir de la fenfibilité & de la tendreffe pour un chien. Ceux-là en tiroient
de flateufes confequences pour leurs
fentimens : mais combien de femmes
aiment mieux leurs chiens que leurs
maris & que leurs amans ? Les autres profitoient de cette circonftance pour infinuer, fous le prétexte de
la douleur, des fentimens fort gais
qu'ils n'avoient encore ofé découvrir.
D'autres encore peftoient de dépit &
de jaloufie en la trouvant fi tendre
pour une bête morte, & fi peu fenfible
pour un homme raifonnable, qui fe
porte bien : tous enfin raifonnoient à
leur maniere, & s'accordoient neanmoins à la confoler de fa perte, ou
à amufer fa douleur. On lui envoïa
des vers de tous côtez, & chacun

s'empreſſa pour honorer les obſeques
de Grimiche : voici quelques ouvrages que l'on conſacra à ſa memoire.

A MADAME DE L. G.
en lui envoïant une Epitaphe,
& un Tombeau pour ſon Le-
vron qu'elle pleuroit.

C'Eſt en vain que des Dieux blâmant la cruauté

 Vous pleurez ce Levron fidele

 Que les Parques vous ont ôté ;

C'eſt un coup de l'Amour contre vous irrité ,

Qui le plonge à jamais dans la nuit éternelle.

 Tandis que mille infortunez

Que l'amour chaque jour ſoûmet à vôtre empire ,

 Souffrent un rigoureux martire ,

Vos plaiſirs à Grim'che * étoient tous deſtinez ,

 C'étoit l'objet de vos tendreſſes ;

Il joüiſſoit lui ſeul d'un bonheur ſi charmant ,

 * Nom du Levron,

Et vous lui faisiez des caresses
Que pourroit envier le plus heureux amant,
Vos captifs desolez aux autels de Cythere,

Alloient se plaindre chaque jour ;
Ils ont sçû dans leur sort interesser l'Amour,
Et Grimiche est puni d'avoir trop sçû vous plaire.
Voïez quel appareil l'accompagne au bucher,
Doguine, l'Ecureüil, & la fiere Isabelle,
Parens, amis zelez, que sa mort doit toucher,
Rendent par mille honneurs sa memoire immortelle.
L'Amour même, l'Amour qui craint que vos attraits
Ne se ternissent par vos larmes,
Pleure les maux qu'il vous a faits ;
Il perdroit son pouvoir, si vous perdiez vos charmes.

Afin de comprendre bien ces vers, il faut vous dire que l'on a fait peindre par Monsieur Jouvenel, un évantail. L'on y voit au milieu d'un beau païsage, dont les points de vûës sont differemment terminés, s'élever un mausolée, fait en forme de pied d'estal, sur lequel brûle le pauvre Le-

vron. D'un côté font deux Doguines
& un Ecureüil, qui affiftentà la Ce-
remonie. De l'autre on voit Madame de L. G. pleurant , & un petit
Amour derriere elle qui brife fes flé-
ches & fon arc. Au bas du maufolée , eft un roc fur lequel on a
gravé en lettres d'or l'Epitaphe
qui fuit.

EPITAPHE.

P Affant contemple ce tombeau ;
Ici gift des Levrons le Levron le plus beau ;
Dans les bras charmans d'une belle ,
Il rendit le dernier foupir :
Preffé d'une douleur mortelle,
Un amant en fa place
Y fût mort de plaifir.

De part & d'autre aux environs
du bucher , font répandus plufieurs

marques lugubres, comme des os de chiens en fautoir, des têtes de mort & des Cyprés. L'ordonnance & le deffein de ce tombeau font de l'invention de Madame la P. A. C'eft vous en dire affez, pour en connoître tout le merite. Voici un autre Epitaphe de ce Levron; elle eft hiftorique, ou plûtôt c'eft un conte qui pourra vous divertir.

EPITAPHE

EN FORME DE CONTE,

fur la mort d'un Levron de complexion amoureufe, que l'on avoit empêché de croître.

P Affant qui vois ce monument,

Dis moi, puifque l'Amour fut éternellement,

Pourquoi faut-il que la nature

N'ait point fait d'éternel amant ?

Un petit chien dont j'écris l'avanture,

Jadis d'amour fut un brazier ardent ;

Maintenant chose étrange , il est froid comme glace;

  Car il est mort : grand bien lui fasse.

  Puisse-t-il être constellé,

  C'est-à-dire bien instalé

  Dans le Ciel de la canicule,

  Au-dessus du signe d'Hercule.

Helas , combien de pleurs Amarillis versa ,

  Le jour fatal qu'il trépassa.

Elle auroit moins pleuré maint amant romanesque ,

  Qui de brûlant devient glacé

  Avant que d'être trépassé.

Feu Levron , quoi qu'issu de race gigantesque ,

Fit vœu de rester nain, sa raison , la voici :

Levriers allongez , sont propres pour la chasse :

Mais pour les Dames non : Levrons en racourci

Dans les tendres girons trouvent bien mieux leur

  place ,

Ceci consideré , Levron voulut rester

Dans sa petite taille , il pria Jupiter ;

       Jupiter

Jupiter l'exauça, biscuits & confiture,

Au lieu de se changer en vaine nourriture

Se convertirent en amour.

Cet amour temeraire... enfin pour faire court

Sous le jupon de sa maîtresse,

En tapinois se glissa,

Sans scrupule elle l'y laissa ;

Il étoit si petit : heureuse petitesse !

S'ecrioit nôtre amant transporté d'allegresse,

Si j'étois levrier, grand comme mes aïeux,

Pourrois-je impunément promener ma tendresse

Sous ce dome délicieux ?

Que je m'y trouve bien, Dieux quelle architecture ?

Pour la mieux contempler, Levron leva les yeux ;

De ce palais jupon la voute étoit obscure ;

Cependant il la prit pour la voute des Cieux.

Mais la trouvant montée

Trop haute pour sa portée,

Quelle rage pour lors de se voir trop petit.

Je l'ai voulu, dit-il, je ne sçaurois m'en plaindre ;

Ainsi voïant les Cieux sans y pouvoir atteindre,

Levron mourut d'amour & de dépit.

Ω

Si par hazard tu t'intereſſe

Au fort d'un amant racourci,

Paſſant, conclus de tout ceci

Que grandeur en amour vaut mieux que petiteſſe.

DU X LIVRE

DES

METAMORPHOSES
D'OVIDE.

FABLE D'ATHALANTE
A M.... D....

PHilis vient de me condamner

A mettre en vers la Fable d'Athalante ;

Oſerai-je encore profaner

Cette production d'une plume excellente ?

Eſt-ce à moi d'imiter le genie & le tour ;

De ces beaux vers, qu'Ovide mit au jour?

    Sa muse naïve & galante

Répand à pleines mains la tendresse & l'amour:

Que veut-on dans les miens que je mette en la place?

Mais l'espoir de Philis ne se doit point trahir,

Elle attend de mes vers, finissons la Preface,

      Où l'on est forcé d'obéïr,

    La raison est sans efficace.

    Je dirai donc pour commencer,

Qu'il étoit autrefois une belle Princesse,

Si legere à sa course & de tant de vitesse,

    Qu'on ne pouvoit la devancer.

    Celebre dés sa petitesse,

On parloit en tous lieux de son agilité;

    Mais sur tout on loüoit sans cesse

    Son incomparable beauté.

    De sorte que sa renommée

La faisoit desirer & rechercher de tous;

Mais parmi tant de cœurs dont elle étoit aimée,

Elle ne voulut point se choisir un époux,

    Que du destin d'un choix si doux,

    Apollon ne l'eût informée.

Elle le consulta sur ce point capital,

Dont aussi-tôt le mistere fatal

Par l'Oracle en ces vers fut rendu manifesto :

Princesse , garde toi d'accepter un mary ;

Le plus tendre & le plus cheri

Te menace d'un sort funeste.

L'Himenée est un joug qu'il faut que tu deteste ,

Car si tu te soumets à ses tragiques nœuds ,

Bien-tôt la vengeance celeste

Changera ton visage en un objet affreux;

Athalante toute étonnée ,

Prit en aversion l'amour & l'hymenée ,

Y renonça publiquement ,

Et ne fit des projets depuis cette journée

Que pour la chasse seulement.

Mais comme les frayeurs mortelles ,

Ni son malheur , quelque étrange qu'il fût ;

N'empêchoient pas les poursuites nouvelles

De quantité d'amants fideles ,

Qui l'adoroient en dépit qu'elle en eût ;

Leur soins redoublez furent cause

Qu'elle s'avisa d'une chose.

Je ne puis, leur dit-elle, aimer que mon vainqueur,

Quiconque veut gagner mon cœur,

A me vaincre à la course il faut qu'il se dispose,

Sous deux conditions que je dirai d'abord,

Si quelqu'un de vous me devance,

Ma main sera leur recompense ;

Mais ceux de qui les pas auront un autre sort,

Telle sera mon ordonnance,

Pour punir dignement leur téméraire effort,

Au bout de la carriere ils recevront la mort.

De ces conditions, l'espoir de la premiere,

Fit à plusieurs méprifer la derniere.

Il s'en trouva qui pleins d'ardeur,

N'estimant rien la vie au prix de leur Maîtresse,

Furent vaincus par la Princesse,

Et furent immolez au gré de sa rigueur,

Et chaque jour encor la beauté d'Athalante,

Se faisant des captifs nouveaux,

Fournissoit des sujets à la course sanglante,

Et d'exercice à ses bourreaux.

Quand enfin le Prince Hipomene,

Arrivant par hazard à ces funestes lieux,

Fut témoin du meurtre odieux
Des victimes de l'inhumaine.
D'abord ce jeune audacieux
Les blâma fort, & traita de foiblesse
Cet amoureux courage, au mépris endurci,
Qui les faisoit mourir avec tant de bassesse ;
　　Mais il en raisonnoit ainsi
Avant que d'avoir veu la divine Princesse.
Si-tôt qu'elle parut, ô mouvement subit !
　　Transformant tout à coup son ame ;
Amans, s'écria-t-il ! dont j'ai blâmé la flâme !
　　Pardonnez-moi ce que j'ai dit,
　　J'ignorois quelle étoit la gloire
　　Que vous promettoit la victoire.
Un objet si charmant ne vous fait point de tort ;
Ne se pouvant donner, de vous donner la mort.
Qui pourroit vaincre Athalante à la course,
Obtiendroit un bonheur qu'on ne peut concevoir.
Quoi ! peut-on se resoudre à perdre sans ressource
Une esperance, helas ! si douce à recevoir ?
Non, je n'accuse plus cette belle personne,
Au milieu des rigueurs sa pitié se fait voir,

Et tout examiné, je la trouve trop bonne,

  Et ce prompt trépas qu'elle donne,

  Moins affreux qu'un long desespoir.

Tels étoient ses discours pendant que la cruelle

Recommençoit encor une course nouvelle.

Il vis partir, voler, cette fiere beauté

  Avec plus de legereté

  Mille fois qu'on ne peut décrire,

A remporter le prix vainement disputé ;

  Mais quoi qu'en secret il soupire

  De voir tant de difficulté

  A la conquête qu'il desire,

Son courage pourtant n'en est pas rebutté.

Il suis sans differer l'ardeur qui le transporte,

Et s'avançant vers elle, il parla de la sorte ;

  Que trouvez-vous d'avantageux

  Dans une victoire facile,

  Princesse à quoi vous est utile

Un laurier obtenu contre des malheureux ?

  Le sort qui m'ameine en cette Isle,

Vous offre en ma personne un sujet plus fameux ;

  Je suis plus noble & plus agile ;

Et ſi le Ciel favoriſe mes vœux,

Il ne vous ſera pas honteux

De ſoumettre vôtre fortune

Au fils d'un Roi, petit fils de Neptune ;

Ou ſi ce même Ciel, jaloux de mon bonheur,

Veut que de mon amour l'eſperance ſoit vaine,

Vôtre ſuperbe cœur n'en doit point être en peine,

Ce ne vous ſera pas peu de gloire & d'honneur

D'avoir triomphé d'Hypomene.

Elle écouta ce fier diſcours,

Et promit la courſe fatale.

Mais du Prince charmant la beauté ſans égale

Lui fit ſur ſon deſſein faire quelques retours.

D'où lui peut venir cette envie ?

Qui le force, dit-elle, à vouloir aujourd'hui

Acquerir une femme au peril de ſa vie ?

Sans doute quelque Dieu depité contre lui,

A ce triſte projet tout exprés le convie ;

Car quel que ſoit l'éclat dont je brille à ſes
yeux,

Et de quelques attraits dont l'Univers me loüe,

Hypomene eſt tel je l'avoüe,

Qu'il

Qu'il merite mille fois mieux ;

Sa beauté, fa valeur, que perfonne n'ignore ;

Et fur tout la pitié que fa jeuneffe implore,

Me font plaindre le fort qui l'attire en ces lieux ;

Il n'eft infortuné, que parce qu'il m'adore.

Ah ! je fremis pour lui de ce mortel danger :

   Retire toi jeune Etranger,

   Pendant que tu le peux encore,

   Ceffe de defirer un funefte lien,

Qui cauferoit un jour ton defaftre & le mien.

   Atalante eft trop malheureufe,

   Et tu peux tout prétendre ailleurs.

   Fuis cette courfe dangereufe,

Et referve tes jours à des deftins meilleurs.

   Oüi Prince tu peux tout prétendre,

   Efpere tout de tes attraits,

Le plus fier cœur & le moins tendre

Sçaura prevenir tes fouhaits.

Et ne pourra point s'en defendre.

Mais quelle eft la pitié qui me fait difcourir ?

Pourquoi de fon malheur me fentir allarmée ?

   J'en ai déja tant fait mourir,

        P

Que j'y dois être accoûtumée.

C'est à lui d'y penser, qu'il s'en aille, il le peut ;

    Ou qu'il meure puis qu'il le veut ;

Aussi bien le peril où lui-même se livre,

Fait juger qu'il est las de vivre.

Quoi ! pour prix d'un amour si glorieux pour moi,

Je priverai du jour ce Prince incomparable,

    Et ma rigueur inexorable,

Le fera succombet sous une injuste loi ?

Ah ! qu'il ne s'en prenne qu'à soi ;

Je voudrois de bon cœur qu'il changeât de pensée,

Ou s'il ne peut quitter l'envie où je le voi,

Malgré tous les malheurs dont je suis menacée,

Il me seroit fort doux d'en être devancée,

Et de me voir reduite à recevoir sa foi.

Ah ! que ses yeux sont vifs ! que leur éclat me touche !

Que j'aime à remarquer les charmes de sa bouche !

    Miserable Hypomene, helas !

Plût à Dieu que mon ame eût été moins sensible,

Ou que mon fier destin ne me reduisît pas

    A la necessité terrible

De me livrer aux traits de sa rage invincible,

    En me livrant à tes appas,

Ou de faire tout mon possible,

    Pour te procurer le trépas.

    Atalante en cette maniere,

Fortifioit des feux à son cœur inconnus,

    Pendant qu'Hipomene à Venus

    Faisoit humblement sa priere.

    Ses soupirs au Ciel parvenus

    Attirerent d'abord le secours necessaire,

Celle qu'il invoquoit avec tant de ferveur ;

Descendit au côté du jeune temeraire

    Pour l'assister de sa faveur.

    Et cette Reine de Cythere

Qui prit toûjours pitié d'un amoureux tourment,

    A ce tendre & parfait amant,

Fit de trois pommes d'or un present salutaire,

Et sçeut accompagner sa liberalité

Du secret d'en user avec utilité.

    Enfin les trompettes sonnerent,

Le Prince & la Princesse émus de les oüir ,

    Sur la carriere s'élancerent

    D'une vitesse à ébloüir,

Et telle étoit la promptitude extrême,

                     P ij

Qui déroboit aux yeux leur pas multipliez,

Qu'il sembloit que sur la mer même

Ils euſſent pû courir ſans ſe moüiller les pieds ;

Ou que ſur les bleds d'une plaine,

  Au temps de la moiſſon prochaine,

  Ils euſſent pû facilement

Sans toucher les épis paſſer legerement ;

Par des éris éclatans le peuple favoriſe

Du Prince courageux l'amoureuſe entrepriſe,

Et l'on ne peut juger en ce moment,

A qui ce bruit flatteur cauſe plus d'allegreſſe,

D'Hypomene ou de la Princeſſe,

Qui d'abord ſe preſſoient aſſez également ;

Mais bien-tôt du ſuccés la triſte incertitude,

Au cœur de nôtre amant remet l'inquiétude.

La belle à chaque pas le devance ſi fort,

Qu'il fait pour la rejoindre un inutile effort ;

  Preſque vaincu de laſſitude,

  Il ne s'aſſure déja plus,

Que ſur l'effet du preſent de Venus.

De ces trois pommes d'or d'où dépend ſa fortune,

  Il en oſe donc jetter une,

Et la Princesse à l'éclat précieux,

De ce fruit qui charme ses yeux,

Ne craint point pour gagner une si belle proïe,

De laisser Hypomene avancer à son tour.

Ce ne furent que cris de joie

Que l'on entendit à l'entour ;

Mais elle sçut bien-tôt reparer le dommage,

Et ramasser depuis encor

Une seconde pomme d'or,

Et reprendre toûjour son premier avantage ;

Le Prince en cette extremité,

Implora de nouveau l'assistance suprême,

Et l'esprit de fraïeur puissamment agité,

De ses pommes enfin hazarde la troisiéme,

Comme l'unique espoir de sa felicité.

D'abord avec perplexité,

La belle vit rouler ce beau fruit sur sa rêne ;

Mais par malheur pour son repos,

Et par bonheur pour Hypomene.

Son cœur à ce desir cedant mal à propos,

Ce métail trop pesant la chargea de maniere,

Que son beau corps devenu moins dispos,

P iij

L'amoureux Prince enfin acheva sa carriere.

    Mais Philis je crois qu'il suffit,

Je suis fort las d'écrire, & le sommeil me presse,

Permettez-moi d'abreger mon recit.

    Par le secours de la Déesse.

Hypomene vainqueur épousa sa Maîtresse,

Et sans doute auroit pu s'estimer trop heureux,

Si son ingratitude avec quelque autre offense,

N'eussent des Dieux attiré la vengeance,

    Et merité le changement affreux

Dont ces tristes Epoux furent punis tous deux.

    Cette Fable vous est offerte,

Filles, qui redoutez l'hymenée & l'amour,

Et qu'on voit pourtant chaque jour

    Aux amants tenir cour ouverte,

    Si vôtre cœur ne se resout,

    A fuïr leur soin & leur presence,

En vain vous les voïez avec indifference.

    Les richesses qui peuvent tout,

Vengeront le merite & la perseverance,

Et trouveront moïen de vous pousser à bout,

Au milieu d'un desert ou dans quelque clôture.

Executez vos deſſeins genereux,

Vivez en liberté, loin de toute avanture :

Les amans que l'on voit ſont toûjours dangereux,

Et la maxime la plus ſeure,

Eſt de n'avoir jamais de commerce avec eux.

LETTRE

A Monſieur C.... qui étoit
allé en Campagne, en mê-
me temps que l'Auteur étoit
parti pour la Province.

BOn jour, mon ami, comment
vous portez - vous de vôtre
Campagne ? Y a-t-il long-temps
que vous en êtes de retour ? avez-
vous veu depuis vos belles parentes ?
dites m'en des nouvelles, je vous
prie ; j'arrivai pour moi à.... le
Dimanche de Pâques, plus fatigué
de l'abſence de mes amours que du

P iiij

voïage ; je comptois dans ma route
les lieuës que je faisois , & je disois
aujourd'hui je suis à 50. lieuës d'elle ; demain je serai à 63. & aprés
demain à 80. Ho en verité , cela
tuë ! J'ai veu un temps que je disois,
je suis à tant de lieuës de Paris ; à
présent la Ville est la derniere chose à laquelle je pense ; il n'y a que
l'amour qui puisse rendre indifferent
pour les lieux.

Par tout où l'on voit ce qu'on aime,

N'importe où l'on soit confiné,

Aux champs , à la ville. & dans la prison même,

On trouve des douceurs qu'on n'eût pas deviné,

Mais il y faut voir ce qu'on aime.

L'amour embellit tout jusqu'aux lieux les moins
beaux ,

S'il vivoit parmi les morts même,

On auroit du plaisir dans les plus noirs tombeaux,

Pourveu qu'on vit ce que l'on aime.

Ce ne seroit pas M. D. B. qui

voudroit y décendre pour avoir ce plaisir, & à vous dire vrai, je ne trouve pas que la mort soit du corps & de l'amour; je ne sçache aussi que la Matrone d'Ephese qui ait fait du cercüeil de l'un le berceau de l'autre.

Pour revenir à mes moutons, je vous assure qu'on ne peut être plus triste que je le suis de leur absence, neanmoins un peu de raison & l'esperance d'un prompt retour, aident beaucoup à me consoler du chagrin d'être absent. Auprés des belles, on a tort quand on n'y est pas ; il n'y a pas de gens plus à plaindre que ceux qui sont loin, & c'est à ceux là ordinairement que l'on ne pense gueres.

Je vous demande en grace de voir cette belle pour l'amour de moi ; vous sçavez mon cher dans quel état je la quittai, je fus encore 4. jours dans le carosse sans dire mot ; au cinquiéme, je vis la necessité de sortir d'un personnage qui me rendoit ridicule à toute la Compagnie ;

& alors je commençai de faire bonne mine à méchant jeu. Je ne sçai si l'on en a eu quelque reconnoissance, mais je sçai bien que je pris beaucoup sur moi ; & en verité, il m'est impossible d'aimer moins une personne qui me paroît si digne de l'être. Si vous pouvez me tenir vôtre parole, & faire en sorte qu'elle m'écrive, cela me fera plaisir, elle me la promis ; je vous avoüe cependant que je n'y compte pas ; mais les belles veulent être pressées, & qu'on leur arrache ce qu'elles sont bien aises de donner : faites donc pour cela tout ce qu'il faut ; je vous laisse le soin de lui insinuer mes sentimens, & j'attend tout d'une amitié aussi genereuse que la vôtre ; parlons d'affaire... Vous voïez ainsi que je serai bien-tot auprés de vous, à vous dire combien je vous aime & M.... N'allez pas dire, *Pour l'amour de lui à cause d'elle.* Vous me feriez tort. J'y reviens toûjours.

Pourquoi m'obligez-vous à vous en parler? En verité, c'eſt une ingrate, ſi elle ne m'aime. Je ſouffre cruellement de m'être éloigné d'elle ; pardon ſi je vous en parle ſi ſouvent & à battons rompus ; je ſuis mes mouvemens, & ceux de l'amour n'ont pas beaucoup de ſuite ; voici encore des vers ſur ce ſujet , puiſque vous m'en demandez dans toutes mes Lettres.

L'amour , Tircis, eſt une étrange affaire ,

C'eſt un furieux embarras ,

Un mal dont on ne peut ſe taire ,

Et le repos & les repas

N'ont rien qui puiſſe ſatisfaire

Un cœur qui ſoupire tout bas ,

Le ſeul objet aimé peut plaire ,

Et quand on ne le poſſede pas ,

On a lieu de dire helas !

L'amour eſt une étrange affaire.

Adieu, je ceſſe d'être fou, c'eſt-à-dire Poëte , mes complimens à tous nos amis.

A MONSIEUR L. G.

SUR UN TABLEAU DE
Monfieur Coipel , où Adam
& Eve étoient reprefentez, &
le Pere Eternel au deffus ,
entouré d'Anges.

VERS IRREGULIERS.

QUe ce Tableau plaît à mes yeux ,
 Quand je vois le Maître des Cieux ,
Celui qui du cahos de la maffe premiere ,
Forma les Elemens , les Aftres , la Lumiere,
Qui para le Soleil d'une vive clarté ,
Fit naître fa chaleur & fon activité ;
Et par le mouvement de fa courfe rapide ,
Marqua les mois , les jours , le froid , le chaud ,
 l'humide ,
Qui d'un mot affermit la terre fur fon poids ,

Fit la Mer & ses flots, & leurs prescrit ses Loix,

Et depuis le moment que le jour prit naissance

Heureuse, elle a toûjours observé sa deffense,

Le Soleil a toûjours d'un égal mouvement,

Entretenu la paix entre chaque Element.

La Terre tous les ans a repris sa verdure,

L'on n'a rien veu changer dans toute la Nature;

Ce grand tout soutenu par la main qui l'a fait,

Garde son harmonie & demeure parfait.

Le seul homme, ô malheur, ô quelle ingratitude

Cet Adam a changé sa douce servitude,

Et par le foible attrait d'un appas séducteur,

Cet Adam s'est armé contre son Createur;

Mais si-tôt que son Dieu s'approche de sa vûë,

Il connoît son peché, sa présence le tuë;

Il tâche à s'excuser sur sa tendre moitié,

Il la montre, & son cœur pour elle est sans pitié;

    Mais Coipel, je ne sçaurois croire,

    Sans vouloir offenser l'Histoire,

Que celle qui causa des mortels le trépas;

    Eût tant de beautez tant d'appas,

    Comme tu l'expose à ma vûë,

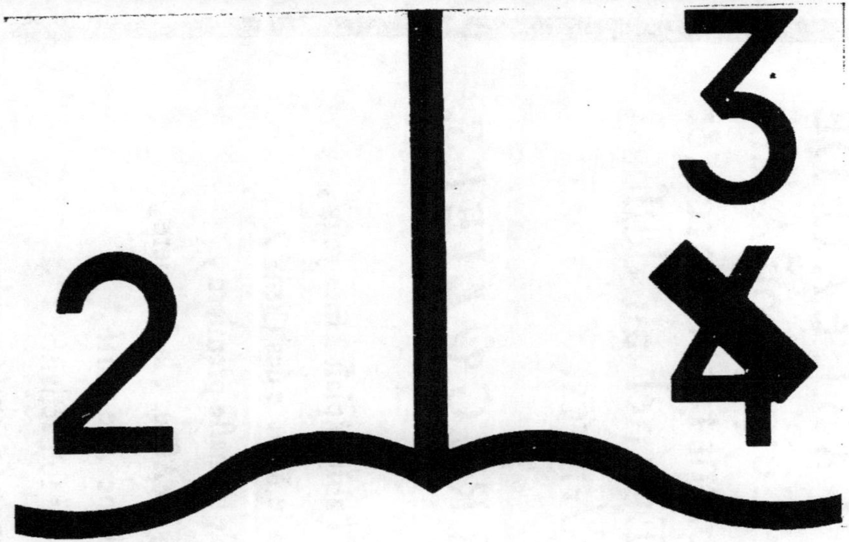

Pagination incorrecte — date incorrecte

NF Z 43-120-12

A MONSIEUR L·G·

SUR UN TABLEAU DE Monſieur Coipel, où Adam & Eve étoient repreſentez, & le Pere Eternel au deſſus , entouré d'Anges.

VERS IRREGULIERS.

QUe ce Tableau plaît à mes yeux,
Quand je vois le Maître des Cieux,
Celui qui du cahos de la maſſe premiere,
Forma les Elemens , les Aſtres , la Lumiere,
Qui para le Soleil d'une vive clarté ,
Fît naître ſa chaleur & ſon activité ;
Et par le mouvement de ſa courſe rapide,
Marqua les mois , les jours , le froid , le chaud ,
  l'humide ,
Qui d'un mot affermit la terre ſur ſon poids.

Fit la Mer & ses flots, & leurs prescrit ses Loix,

Et depuis le moment que le jour prit naissance

Heureuse, elle a toûjours observé sa deffense,

Le Soleil a toûjours d'un égal mouvement,

Entretenu la paix entre chaque Element.

La Terre tous les ans a repris sa verdure,

L'on n'a rien veu changer dans toute la Nature;

Ce grand tout soutenu par la main qui l'a fait,

Garde son harmonie & demeure parfait.

Le seul homme, ô malheur, ô quelle ingratitude!

Cet Adam a changé sa douce servitude,

Et par le foible attrait d'un appas séducteur,

Cet Adam s'est armé contre son Createur;

Mais si-tôt que son Dieu s'approche de sa vûë,

Il connoît son peché, sa présente le tuë;

Il tâche à s'excuser sur sa tendre moitié,

Il la montre, & son cœur pour elle est sans pitié.

Mais Coipel, je ne sçaurois croire,

Sans vouloir offenser l'Histoire,

Que celle qui causa des mortels le trépas,

Eût tant de beautez tant d'appas,

Comme tu l'expose à ma vûë,

Sans habis, sans fard, toute nuë,

Elle plaît si fort à mes yeux,

Que je trouve Adam rigoureux,

De s'excuser sur elle & la rendre coupable,

Du crime qui causa la mort.

Ne pouvoit-il pas être un peu moins veritable,

Donnant au serpent tout le tort ?

Mais pleine de respect pour la Sainte Ecriture,

Je laisse Adam sans le blâmer,

Sa belle Eve a sçû me charmer,

Par ton admirable peinture.

Dans ses yeux, je vois de son cœur,

Le trouble, la honte, la peur ;

Voïant de l'Eternel la divine présence,

Helas ! quand on perd l'innocence,

L'on est en proïe à bien des maux !

Cette Eve depuis son offense,

Perdit tous les plaisirs, & n'eut que des travaux,

Adam reconnoît sa misere,

Au premier mot que lui dit Dieu.

Il sent qu'il faut quitter ce lieu

Où l'avoit mis ce divin Pere.

La beauté de son corps, sa force, sa vigueur,

N'a pas encor subi la peine, la sueur,

    Où se doit écouler sa vie,

    Roi Souverain des animaux,

    Il va la trouver asservie,

Aux lions, aux aspics, aux poissons, aux oyseaux,

    L'on voit briller sur un nuage,

    L'Eternel au plus haut des airs,

    Ce grand Maître de l'Univers,

    Regarde en pitié son Ouvrage.

Nous sçavons tous aussi que Dieu n'a point de corps

    Et lorsqu'il en prend la figure,

C'est pour s'accommoder à la foible nature,

De qui l'esprit borné ne voit que les dehors.

    Ainsi Coipel d'une ordonnance sage,

    Par des traits pleins de majesté,

    Ne fait connoître en son visage

Que le calme, la paix, & la serenité,

    Dieu ne se met point en colere,

    Toûjours heureux, toûjours égal,

    Païe le bien, punit le mal,

    Sans que la passion l'altere.

Lorſqu'on dit qu'il eſt en couroux ;
Ce n'eſt que par rapport à nous.
Les habitans des Cieux , ces eſprits de lumiere ,
Ces Aſtres qui ſont ſans matiere,
Eſpars dans le nuage , adorent le Seigneur,
En contemplant Adam , ils ſentent leur bonheur,
D'être dans l'heureuſe impuiſſance
De ne commettre aucune offenſe,
O trop fatale liberté
De l'homme , funeſte appanage,
Tu ne lui ſers qu'à faire outrage
A la divine Majeſté.
Ces celeſtes Eſprits qui ſont en ce nuage,
Ont tant de graces , de beauté
Sur leur corps & ſur leur viſage,
Que l'eſprit en eſt enchanté ;
Je ne dis rien de l'ordonnance
Ni de la noble expreſſion ,
Du coloris, de l'union.
Tout cela paſſe ma ſcience ;
Je dirai ſeulement que l'art,
Par une docte main fait voir que la peinture
Peut diſputer à la nature,

Qui produit ses beautez bien souvent par hazard.

Mais quittons le premier des hommes,

Qui perdit son bonheur par le fruit d'un pommier,

Et parlons d'un autre premier

La gloire du siécle où nous sommes

Ce juge parfait du vrai beau.

Pour qui Coipel fait ce Tableau.

Cet illustre Premier de qui la connoissance

Fait crier si haut dans Paris,

Qu'il n'est pas de Seigneur en France

Qui puisse comme lui donner aux arts le prix.

L'antiquité pour lui se montrant toute nuë,

Dévoile avec plaisir ses beautez à sa vuë;

Le moderne pompeux tout rempli d'agrément,

Attend de lui son jugement,

Sans se servir de l'Eloquence

Des doctes plumes d'aujourd'hui,

Le moderne & l'antique en bonne intelligence,

S'accordent de concert à travailler pour lui.

Q

L'ART POETIQUE

PREMIERE LECON.

A MADAME.....

Qui vouloit apprendre à faire des Vers.

Vous voulez faire des Vers, Madame, & vous y avez sans doute beaucoup de difposition ; mais comme l'efprit le plus penetrant ne peut trouver de lui-même les regles que l'experience des Sçavans ont prefcrites fur cette matiere ; vous m'avez choifi pour vous les apprendre. J'accepte avec toute la reconnoiffance que je dois, Madame, l'emploi dont vous m'honorez ; mais faites donc que je fois affez libre avec vous, pour vous expliquer netrement mes sentimens, & ne me demandez aucune de ces tendres complaisances que l'on doit à vôtre sexe, je ne ferois que vous entretenir dans vos erreurs. En toute autre occasion je m'en ferai un devoir ; mais dans celle-ci, souffrez que je vous apprenne quel est le vôtre.

Il faut d'abord pour vôtre Maître
Avoir grande docilité,
Lui découvrir avec sincerité
Tout ce qu'en vôtre cœur l'amour peut faire naistre,
Et jusqu'au fond du sien lire avec liberté ;
Mais si j'osois encor malgré vôtre rigueur,
Vous découvrir un point tres-necessaire,
Je vous dirois qu'il faut me rendre pour bien faire,
Maistre de l'esprit & du cœur.

Plus nous avons d'estime pour les gens, plus ce qu'ils disent s'imprime dans nôtre memoire, & si l'on trouve souvent le chemin du cœur en passant par l'esprit, on est toûjours assez sçavant pour persuader ce que

l'on aime quand on plaît ; l'esprit
& le cœur, Madame, ont un commerce particulier ensemble, comme
l'Amour & la Poësie ; il faut avoir
le cœur tendre pour avoir l'esprit
galant ; tout ce que nous disons,
tout ce que nous faisons, se sent
de nôtre humeur. Si nos mouvemens n'ont cette douceur amou-
reuse qui engage, nos pensées n'auront rien d'aisé ni de délicat.

Gravez donc bien avant ce précepte en vôtre ame,
   Que l'esprit le plus de travers
   Peut faire de tres-jolis Vers,
Si l'Amour une fois l'échauffe par sa flâme ;
Mais que si son flambeau n'éclaire un bel esprit,
   Il ne sçait ce qu'il écrit.

Il faut pour la Poësie avoir l'imagination forte, l'esprit brillant, le
stile net, & le tour aisé : mais ce
n'est pas contre ces regles que vous
pécherez, Madame ; la vivacité de
vôtre imagination, la beauté de vô-

tre genie, la pureté de vôtre langage, & la délicatesse de vos expressions, vous mettent à couvert de ce
danger : voulez-vous que je vous
parle franchement ? vous n'avez pas
le cœur tendre ; à cela prés ; je n'ai
reconnu dans vôtre conversation &
dans vos Lettres que peu de termes
à changer ; il est vrai qu'il faut en
ajoûter d'autres ; mais cela se fera
quand vous le voudrez.

Vous n'emploïez partout que rigueurs & fierté,

La repetition m'en paroît séche & rude:

Et si vous m'en croïez vous mettrez vôtre étude

A faire choix de mots moins pleins de dureté.

Douces langueurs, j'aime, plaisirs,

Amour, flâme, tendre soupirs,

Sont des mots d'une force extrême,

Pour former un stile coulant,

Et dans vos vers il est bon même

De me les repeter souvent.

Retenez bien ces regles, je vous prie, ma Belle Dame, elles vous donneront une facilité admirables pour écrire ; c'en est assez pour la premiere leçon. Si vous en profitez, je croirai avoir bien emploïé mon tems. Quand vous vous serez une fois formée sur ce stile ; je vous donnerai d'autres préceptes, où vous trouverez plus de plaisir ; je vous y invite, Madame, pour l'amour de vous-même ; vous ne sçauriez croire combien j'en aurai de vous en voir prendre.

A MAD···· L····

Qui demandoit à l'Auteur son
sentiment sur des Vers qu'on
lui avoit envoïez, pour elle
& pour une autre Dame de
ses amies.

JE vous suis fort obligé, Madame,
de la bonne opinion que vous a-
vez de moi, vous me demandez mon
jugement sur des vers que vous m'envoïez, & vous croiez que ce sera le
plus juste que l'on puisse rendre ; il
faut avoir autant de bonté que vous
en avez, & me croire autant d'esprit
pour m'écrire des choses si obligeantes,
je vous en remercie, Madame, de tout
mon cœur ; mais en verité, je ne vous
pardonnerois pas un si mauvais discernement, s'il ne me prouvoit tou-

te vôtre estime. Il m'est impossible
de soutenir les loüanges que vous
me donnez ; cependant vôtre exa-
geration me fait plaisir, parce qu'elle me dit combien vous ête préve-
nuë en ma faveur ; à ce compte,
Madame, je puis vous satisfaire ; je
trouve les Vers beaux, mais sans application, & je ne vois pas dans
celle que l'Auteur a voulut faire à
M. L.... pourquoi le Printemps
seroit plûtôt la saison des beautez
qu'il nous ameine, que l'Hyver,
l'Automne & l'Esté. M. L.... est
belle dans toutes les saisons, & quand
elle revient de la Campagne en Automne, je la trouve aussi aimable
qu'au Printemps, si ce n'est qu'elle
vient plus tard ; c'est peut-être aussi
la pensée du Poëte ; mais elle est si
fine, qu'elle échappera à bien des
gens. Les Vers qui sont pour vous
sont pressants ; l'on cherche à vous
prouver l'amourque l'on sent, pour
vous obliger à de la reconnoissance :

Il

Il y a en cela de la justice.

Oüi, belle Iris, il faut aimer.
Quand on trouve un amant si tendre,
Il n'est plus temps de se deffendre,
Oüi, belle Iris, il faut aimer.

Il me semble vous entendre dire ;

Depuis long-temps je consulte en mon ame,
Si je dois méprifer fa flâme,
Ou si je dois recompenser son feu ;
Pour me déterminer la raison qui m'éclaire ;
Ne peut en rien me satisfaire ;
Car le cœur pour aimer n'attend pas son aveu.
Que feriez-vous dans ce peril extrême ?
Si je dis une fois à Clitandre que j'aime,
Je craindrai de le dégager ;
Si je resiste à sa tendresse,
L'amour qui par ses soins me presse,
Pourroit bien aussi s'en venger,
Que feriez-vous dans ce peril extrême ?
Comme lui j'aimerois & cesserois de même.

R.

Voilà de nos gens, direz-vous, qui jurent & qui proteftent des ardeurs éternelles, qui en prennent le Ciel & la Terre à témoin ; qui ne fçauroient aimer ailleurs ; qui feront malheureux toute leur vie fi on ne les aime, & qui ont la liberté de changer comme il leur plaît. Ah ! les mauvais cœurs, les dangereux parjures ! qu'une femme eft folle de s'y arrêter ; mais, Madame, les Dames n'en font-elles pas autant que nous ? Je m'en rapporte à ces petits Vers que vous n'avez pas trouvez fi jolis fans raifon.

Dés qu'un fujet ceffe de plaire,
Le commerce amoureux auffi-tôt doit finir ;
Et l'effet des fermens n'eft plus qu'une chimere ;
La perte du plaifir qui nous les a fait faire
Nous difpenfe de les tenir.

Et aprés tout, Madame, fi toutes les Dames étoient faites comme vous, rifqueroient-elles quelque

chofe à dire qu'elles aiment un homme comme Clitandre ? Vous êtes belle, vertueufe & pleine de merite.
Il eft fenfible , honnête homme, &
rempli d'honneur ; une pareille declaration ne fera que renouveller fa
tendreffe , & faire naître fa reconnoiffance. Il vous aime fans vous
devoir rien , comment pourroit-il ne
vous aimer pas vous étant obligé ?
Aimez , Madame , aimez ; vôtre
merite & vos charmes fans la vertu
de vôtre Amant , font de feurs ga-
rants de fa conftance.

A MADAME LA M. D. A

VOus aimai je encore, Madame, ou ne vous aimai je plus?
aidez-moi à deviner ; je fuis fort en
colere contre vous , & en même
temps , je le fuis fi peu, qu'on ne
peut l'être moins ; j'avois refolu de

faire des Vers pour une autre, &
de ne pas vous les envoïer ; mais ma
muſe ne veut rien produire que pour
vous. Quoi ! Madame, vous m'avez
caché vôtre engagement avec M. de
N.... je croïois ſçavoir vos affaires, avoir l'honneur de vôtre confidence, & vous la trahiſſez. Je n'ai
rien ſçû, pas la moindre petite circonſtance. O la ſincere perſonne !
Non, non, Madame, je ne vous
aime plus, je veux m'en tenir aux
conſeils de ma raiſon : Elle me dit
tous les jours :

> Suivez l'avis que je vous donne,
>
> Evitez de vous engager ;
>
> Un cœur qui ne veut point changer,
>
> En ce ſiécle inconſtant ne doit aimer perſonne,

Je ne vous aime donc plus, Madame, c'en eſt fait. Si vous ſçaviez
combien j'ai été touché d'apprendre
par un autre que par vous, une affaire qui vous regarde, vous avoüe-

riez que j'y ai pris trop de part ; j'en
prendrai moins à l'avenir, foïez-en
affurée ; vous aurez beau être toûjours belle , pleine d'efprit & de merite , je ferai infenfible à tant de
charmes ; vous ne vous en fervez que
pour tromper vos amis.

A vous fäïrj'aurai recours
Pour m'empêcher de me rendre ;
Car pour vous fans ce fecours
Mon cœur feroit bien-tôt tendre.

Attendez-vous donc , Madame ,
à me trouver cruel, ingrat & infenfible : Mon Dieu, que j'aurai de plaifir à faire ces perfonnages , auprés
d'une auffi belle perfonne que vous ;
j'y ferai nouveau, mais vôtre exemple me fervira de beaucoup. Je tâ-
cherai de vous imiter de mon mieux.
Venez donc quand il vous plaira,
armée de tous vos charmes, belle,
bienfaite, délicate, enjoüée & fpi-
rituelle ; vous trouverez à qui parler,
je ne vous crains plus.

R iij

A MADAME ***

qui avoit deffendu un certain temps à l'Auteur de lui parler d'amour, & qui le lui avoit permis dans la suite.

Aprés un rigoureux silence,

Iris me permet de parler :

Muse sans plus dissimuler,

Découvres lui ce que je pense.

Faites-lui voir un cœur soûmis,

Respectueux, sensible & tendre ;

Elle n'est pas toûjours d'humeur à vous entendre,

Parlez presentement qu'elle vous l'a permis.

Mais pour lui découvrir mon amour & mon zele,

De quels mots vous servirez-vous.

Tous vos termes sont au-dessous

De l'ardeur que je sens pour elle.

Oui de quelque façon que l'on puisse exprimer

    Les transports d'un amant fidele,

    Mon cœur sçait encor mieux aimer.

    Taisez-vous donc sur ma tendresse,

Ce que vous en diriez paroistroit fabu'eux,

    Rien ne peut qu'un cœur amoureux,

    En concevoir l'excés & la délicatesse,

    Si vous ne trouvez le moïen

    De rendre son ame sensible.

Tant d'amour à ses yeux paroistroit impossible,

    Elle n'en croira jamais rien.

R iiij

LETTRE

d'une Dame à un Cavalier.

JE prendrois un fort grand plaisir à vous consoler de mon absence, & ma délicatesse m'avoit fait trouver le moïen de vous le dire en des termes assez obligeans pour vous satisfaire si vous aviez voulu être content. Mais vous desirez que j'écrive à un amant & non pas à un ami ; vous ne sçavez ce que vous voulez , & je ne sçai même que vous répondre , ma délicatesse s'oppose à ce que vous souhaittez , & la bienséance à ce que je veux ; que voulez-vous que je fasse ? Découvrez D.... que je vous aime sans que je vous le dise en propres termes. Que vous êtes tuant, de ne vouloir m'aider en quoi que ce soit. Ne sçavez-vous point que mon sexe se fait une peine de dire qu'il aime ? ne sçauriez-vous penetrer les sens de mes Lettres, qui vous en assurent ?

Si vous sçaviez la reconnoissance que j'exigerois pour le mot de tendresse, combien je vous ferois valoir une douceur de cette nature, vous cesseriez de la demander ; peut-être croirois-je que vous ne m'aimeriez plus, & la pensée du contraire me flatte trop agréablement pour la perdre par mon imprudence. Non, D... n'attendez-pas que je vous l'écrive, c'est encore trop d'en ressentir ; laissez-moi seulement vous assurer de mon amitié, & qu'elle est assez forte pour me faire prendre part à tout vos chagrins ; si mon absence vous en donne, je ne veux pas vous dire qu'elle fait tout le mien, de peur d'augmenter le vôtre : je veux bien vous apprendre que vô-

tre préfence me donne de la joie, &
j'ai beaucoup de plaifir de croire
que vous m'aimez, & que ce fera
toûjours; je ne perdrai point le fou-
venir des fentimens obligeans que
vous avez de moi, c'eft vous en
dire affez. Voilà une Lettre qui doit
vous occuper huit jours ; je ne vous
en écrirai plus jufqu'à mon retour,
qui fera bien-tôt. Adieu.

LETTRE

de la même perfonne au même
Cavalier.

VOus êtes en bonne Compa-
gnie à vous bien divertir, &
je quitte celle de mes meilleurs a-
mis pour vous écrire : direz-vous encore D ... que je ne fçai point aimer ? Si je ne vous marque pas toute

mon eftime, c'eft pour reffentir davantage la vôtre : mais je ne vous en
aime pas moins. Je vous l'ai dit
quelquefois, vous me faites plaifir.
Helas, quand j'ai eu la complaifance de vous l'avoüer, en avez-vous
été plus touché ? non ingrat,
non ; je me fuis reprochée alors ma
tendreffe pour vous comme un crime, peut s'en faut même que je
n'aïe donné toute ma haine à celui
qui tâchoit à rendre mon cœur
criminel. En verité, de quelle maniere aimez-vous ? je l'ignore, fouvent mon efprit embaraffé pour vous
connoître, fe répent de vous avoir
crû, mon cœur même, quoi-que
plein de vous & dont le panchant
eft de vous croire, n'ofe tout à fait
s'en affeurer. Vous me demandez a-
vec empreffement un moment pour
me voir, & dequoi me parlez-vous
quand vous me voïez ? vôtre cœur
cherche-t-il à me dire ce qu'il fent?
vous voit-on ménager un moment

d'entretien avec moi ? Helas ! fi
vous m'aimiez, ne trouveriez-vous
pas des termes pour me le dire ?
vous êtes fi éloquent & fi délicat fur
d'autres fujets, vous n'êtes embaraffé que fur le mien : depuis quinze
jours vous me voïez fans me parler,
la conversation devient generale ;
vous m'entretenez de tout le monde
& jamais de moi ni de vous ; vous
imaginez-vous que je fois curieufe
de l'hiftoire des autres ? fouvenez-
vous des vers que je vous ai entendu dire fouvent.

Qand on baille auprés de fa Maiftreffe,
　　Et que le cœur n'eft pas content,
Que fervent les efforts qu'on fait pour le paroiftre ?
　　L'honneur de paffer pour conftant
　　Ne vaut pas la peine de l'être.

Un veritable amant a-t-il jamais
été en peine de dire qu'il aime, lorf-
qu'il a fçû être écouté favorable-
ment : non, non, il faut ne pas ai-

mer pour pouvoir se taire ; il faut ê-
tre indifferent pour ne pas dire
qu'on est amoureux : Enfin il faut
être vous pour vouloir persuader que
l'on aime lorsque l'on ne ressent rien.
Ne m'accablez-donc plus d'une fausse
tendresse, aimez-moi tout à fait ; ou
ne me voïez-plus : ma raison est peut-
être assez forte pour guerir mon
cœur, ne venez plus l'ébranler par
vôtre présence, laissez-moi toute à
moi-même, puisque vous êtes trop
à vous ; je ne veux point d'un cœur
qui peut se dégager, il faut m'aimer
malgré moi pour me plaire, il faut
me persuader qu'il vous est impossible
de changer, que rien au monde n'est
capable de vous rendre volage, que
la mort même, la mort ne peut m'é-
facer de vôtre cœur : vous me l'a-
vez dit, il est vrai ; mais D il
est si doux de l'entendre repeter, &
doit-on s'arrêter aux paroles, quand
les effets sont contraires ? j'en appelle à la justesse de vôtre esprit, & à

vôtre probité. Ceſſez-donc de me fatiguer de vos plaintes , ce n'eſt plus moi qui vous fais du mal.

A MADAME D···

JE vois bien , Madame , que je ſerai toûjours criminel , & que mon genie ſur vôtre ſujet eſt de ces mauvais genies que peint cette ingenieuſe Deviſe Eſpagnolle : *Vn Demon dans les flâmes , avec ces mots : Y mas penado , y meno repentido :* Si deux ans n'ont pû ſurmonter que par la fuite l'invincible penchant qui m'entraîne avec rapidité à vous aimer , comment voulez-vous qu'une Lettre toute rigoureuſe produiſe cet effet ? qu'elle ne peut ſeulement m'obliger à metaire , ſi je ne le fais tout à fait; du moins je ne ſçaurois retrouver ces termes vagues , dont ſe ſert l'inutilité d'un cœur pour exprimer une tiede amitié; ces bornes font trop étroites pour contenir les mouvemens impetueux qui m'agitent ; plus je veux refifter à ma paffion, plus elle s'irrite, femblable à ces pierres qu'on roule du haut d'une montagne, elle acquiert de la force en vieilliffant : vous avez perdu vôtre ami, Madame, voudriez - vous perdre vôtre amant ?

Depuis deux ans entiers je me fens l'ame atteinte
D'un amour combattu par l'efpoir & la crainte,
Quelquefois de vos yeux confultant la longueur,
J'ai permis d'efperer à mon timide cœur;
Mais quand ces mêmes yeux animez de colere
N'offrent à mes regards qu'une beauté fevere,
Je rentre en ce moment dans mon trifte devoir,
Et bannis pour toûjours la douceur de l'efpoir;
J'ai beau pour me cacher à l'ennui qui m'accable
Efperer quelque jour un fort plus favorable,
Me flatter que mes foins, ma tendreffe & ma foi
Vous rendront quelque jour plus fenfible pour moi.
Un importun remord vient d'abord m'avertir

Que vôtre cœur ingrat n'y veut point confentir,

Que l'orfque l'on n'a pû vous toucher ni vous
   plaire,

Le meilleur des partis eft celui de fe taire.

Je le fais donc, Madame, & je m'impofe un filence éternel : Je ne puis vous parler de ma paffion fans vous déplaire ; & il n'eft pas à mon poffible de vous parler d'autre chofe ; je veux éviter de vous fâcher ; il faudra auffi ne vous plus voir. C'eft à mon fens l'unique moïen de me guerir. Celui de contempler de fi beaux yeux me trahiroit, & ce feroit pis que jamais ; ma derniere vous a mife en colere, celle-ci vous mettra en fureur : n'importe, c'eft toûjours exciter en vous quelque paffion : laquelle vous fieroit le mieux ? Madame, fongez y un peu, je vous prie, à quoi vous fert une tradition de pruderie qui faifoit autrefois la fade vertu de nos meres ?

L'on

L'on attendoit une aprés-dînée quelques perſonnes de la Compagnie qui avoient accoûtumé de s'aſſembler. La converſation tourna ſur l'amour, & comme on s'échauffe toûjours beaucoup ſur cette matiere, un de ceux que l'on attendoit eut le loiſir de comprendre dequoi il étoit queſtion, parce qu'on en dit en ſa préſence. Les amans délicats vouloient que l'Amour le ſoit autant qu'eux, dit-il, pour moi qui connois les hommes & la nature, je ſoutiens qu'il eſt délicat autant qu'il le faut pour faire durer le plaiſir, & ne pas laiſſer perir le monde, & en voici la preuve. Il tira auſſi-tôt un rouleau de papiers qu'il avoit ſur lui, & lut entre pluſieurs autres pieces, l'Ouvrage qui ſuit.

S

APOLOGIE
DE
L'AMOUR,
A MADEMOISELLE C...

ON a tort de prendre l'Amour
à partie de tous les defordres
des amants. Comme ce Dieu n'eſt
point coupable de toutes leurs bé-
vûës, il n'en doit pas répondre :
mais l'on a quelquefois intereſt de
le mêler dans ſes actions ; l'on excu-
ſe ſouvent à ſa faveur les vices du
temperament , l'on cache même
ſous ſes apparences des paſſions baſ-
ſes , que l'on n'oſeroit avoüer.

L'amour eſt par lui-même un bien
qui ne devient funeſte & dangereux

qu'aux ames lâches. Il éleve l'ame
& l'efprit, les rend l'un & l'autre
délicats & capables d'une infinité
d'actions vertueufes, & de fentimens
heroïques. Il adoucit les mœurs &
les manieres, poli, rend agréable,
& forme l'honnête homme.

Comme c'eft un feu qui anime,
il met en œuvre les bonnes qualitez & les fait valoir : de même qu'il
découvre les mauvais penchans ; bien
que quelquefois il les corrige. Il eft
fage dans un homme fage, extrava-
gant dans un homme fol, il fait connoître l'humeur : auffi la plûpart des
actions des amans marquent moins
ce que l'amour infpire, que leur caractere particulier.

Loin d'ici donc toutes ces hiftoires
tragiques, & toutes les obfcenites que
les Livres rapportent de quelques-
uns d'eux. Les uns ont été furieux,
& les autres emportez par la bruta-
lité de leur temperament. Ils ont
fait un mauvais ufage de l'amour.

Celle qui m'attache ne le connoît que par ſes délicateſſes, ſes douces langueurs, ſes plaiſirs innocens, faite pour plaire & pour être aimée, elle eſt la paſſion de tous les âges & de tous les hommes. On croit n'admirer en elle qu'une raiſon épurée, un eſprit vif & délicat, un jugement ſolide, & l'on perd la liberté d'aimer ailleurs, & la vertu d'être fidelle. Auſſi dangereuſe pour toutes celles de ſon ſexe, que dégagée de tout ſentiment d'envie; elle plaît ſans affectation, ſans aucun deſſein, & parce qu'elle ne ſçauroit faire autrement: auſſi quelques graces que la nature ait repandu dans ce qu'elle dit, dans ce qu'elle fait, & dans tout ce qu'elle eſt, il y a encore plus à craindre de ſa modeſtie.

Sa taille eſt médiocre, mais priſe dans ce dégré de mediocrité, où ſe trouvent tout enſemble, le mignon, l'embonpoint, la délicateſſe, & les jolies tailles. Sa gorge eſt des plus

belles, blanche, élevée, d'une situation à donner de l'amour. Elle a le
visage un peu rond, le teint propre,
les couleurs vives & separées.

Ses yeux sont noirs, vifs, doux &
fins, bien fendus & à fleur de tête.
Tout y caracterise une personne spi-
rituelle, enjoüée, accoutumée à faire partout des conquêtes ; ils ont le
regard ferme & assuré, parce qu'ils
ne voïent partout que leurs Esclaves ; mais leur assurance est mêlée
de tant de douceur, qu'ils font aimer à leurs captifs jusques à la peine de l'esclavage.

Une bouche vermeille & bien façonnée, où l'on voit des dents d'un
bel os & bien arangées, seroit le charme des yeux, s'il n'en sortoit une o-
deur qui ravit les sens, & qui leur
ôte la liberté du jugement par la volupté qu'elle leur donne. Non, jamais les Zephirs n'ont eu l'haleine
plus douce, ni les Dieux dans leurs
plus grands enchantemens n'ont eu
de plus grands délices.

Soit qu'elle parle ou qu'elle chante, sa voix est encore un nouveau charme. La nature s'est comme épuisée à les multiplier en elle. Ils se cachent, ils se dérobent les uns les autres. On ne les découvre tous qu'à mesure qu'on s'applique à les parcourir : alors ils s'offrent en foule à la vûë & naissent sous ses pas. Elle se renouvelle en quelque façon, & paroît une autre personne.

Elle a la langue grasse : mais c'est un deffaut qui plaît, dit le grand Maître dans l'art d'aimer, & qui donne à la voix un agrément qui l'embellit. Elle l'a douce & legere, ménagée par un gosier délicat, que la methode a perfectionné.

Il manqueroit quelque chose à une si aimable personne si elle ne sçavoit danser : mais de l'aveu des plus habiles dans cet art, elle en possede toutes les délicatesses, l'air, la cadance, la douceur & la legereté. Les Faunes, les Nymphes, les

Silvains, les Driades, & Pan même
ne feroient contre elle que bron-
cher.

Un si beau corps, & tant de talens, sont animez & conduits par
une belle ame pleine de vertu, &
par un esprit solide & plein de raison. L'usage qu'elle en fait, est l'é-
loge le plus accompli que l'on puisse
donner à la plus illustre & à la plus
belle de son sexe. Ajant autant &
plus que pas un autre de quoi passer
la plus délicieuse de toutes les vies,
elle se borne aux plaisirs innocens, &
appliquée à son devoir, elle ne se
permet que ceux qui ne l'en éloignent
pas; aussi incapable de sortir de la
bienséance & de la retenuë de son
état, que peu propre à souffrir aucune de ces libertez qui attaquent la
pudeur, elle vit tranquille, posse-
dant son cœur, & ne faisant aucun
mauvais usage de ceux que ses charmes lui ont soumis.

Avec une personne si rare, mais

veritablement exiſtente , l'amour eſt ſans danger , & n'eſt connu que par ſes délicateſſes ; ſon deſintereſſement , les ſentimens nobles , le commerce de l'eſprit , les tendreſſes du cœur , & les complaiſances ; il s'entretient par la probité la ſimpathie des humeurs , les ſervices , les affections , l'eſtime reciproque , le goût du bon & du beau & l'attachement à la vertu. Il vit de tout , & il vit de rien.

Loin d'ici , encore un coup , toutes ſortes de ſentimens groſſiers , qui amoliſſent le courage & qui affoibliſſent l'eſprit. L'Amour tel que je viens de le peindre , ne les inſpire pas ; ce n'eſt point une idée ni une fantaiſie ſans realité & ſans exiſtence. Celle qui m'en a donné le goût me l'a fait connoître. Je lui ſuis redevable de tous mes plaiſirs , & le dernier ſoupir de ma vie ſera moins pour le regret de la perdre , que pour celle de ſes douceurs.

L'attention

L'attention que la Compagnie prêta à la lecture de cet ouvrage, lui fit oublier le sujet de la contestation, & chacun ne songeant plus qu'à satisfaire aux Conventions de l'Assemblée, chercha parmi ces papiers & dans sa memoire, ce qui pouvoit avoir plus de rapport à la lecture que l'on venoit de faire. J'ai, dit quelqu'un, le Portrait d'une Dame par un Cavalier, dont elle a été fort aimée. Si vous voulez je vous en divertirai. On fit voir par le silence que l'on prêta sur le champ, que l'on ne demandoit pas mieux ; ainsi l'on commença de lire la piece suivante.

T

PORTRAIT
DE
MADAME D. B····

POur faire le caractere d'Iris, il
faudroit connoître son cœur davantage, sçavoir ses attachemens, &
ce qui la flatte, & l'heureux mortel
qui l'occupe. De-là les craintes & les
irresolutions se font connoître ; de-
là les foiblesses & les diverses vertus s'apperçoivent. Toute beauté
sans amour, est un corps sans son
premier mobile, les talens & les per-
fections qui interessent sont incon-
nuës, & sans ce principe, qui fait
tout mouvoir, les bonnes & les mauvaises qualitez sont confonduës, &
dérobent à l'esprit la qualité de l'objet que l'on veut connoître.

Qu'Iris perde ſon indifference, ſi
l'on veut que je la peigne ; les
Peintres qui ſe piquent de délicateſſe, veulent peindre d'après nature &
non pas des fantaiſies.

S'il ne s'agiſſoit que de faire ſon
Portrait, la ſeule reputation de ſa
beauté pourroit me fournir des couleurs aſſez vives pour peindre la plus
belle perſonne du monde : mais ſans
le ſecours des impreſſions qu'elle reçoit, ſans rien connoître du merite
de ce qui peut la toucher ; comment
réüſſir dans une choſe ſi difficile, où
tout le monde croit ſe connoître ?

Si c'eſt un rafinement d'amour que
cet air d'indifference qu'on lui voit
pour tout le monde, qu'elle me l'a-
voüe ; alors mieux inſtruit de ce qu'elle peut être, je devinerai peut-être
à la fin ce qu'elle eſt : ſans cela,
que puis-je donner, que des conje-
ctures & des lumieres incertaines,
que je dois plus à ma penetration

qu'à sa franchise ? Telles qu'elles sont,
je les expose à sa critique ; ce sera à
elle à m'apprendre les choses que je
ne sçai pas , & celles ausquelles je
pourrai manquer.

Comme l'insensibilité dans une
belle est un défaut, j'aime mieux
lui croire une vertu , & dire qu'elle
a le cœur tendre & sensible. Telle
qui excelle en amitié, a le cœur bon
pour l'amour; & quoique les tendresses de l'une & de l'autre soient
differentes, c'est encore plus la faute d'Iris , si elle ne les connoît pas
toutes deux que celle de ceux qu'elle fait soupirer ; mais les étoiles font
souvent nos affaires, sans que nous
nous en mêlions , & le cœur d'une
cruelle s'attendrit souvent par le
même endroit qu'elle n'a pû atten-
drir autrui ; ainsi se venge l'amour
par lui-même des maux qu'on lui
fait souffrir.

Tout ce que l'on peut dire du
cœur d'Iris, c'est qu'elle l'a bon :

mais de cette bonté éclairée, qui ne
se donne pas à toutes sortes de sujets, & qui agit avec reflexion. Le
merite de cette bonté est d'autant
plus précieux qu'elle n'engage point
par trop d'emportement à des choses dont on ait lieu de se repentir.
Il est vrai que les amitiez qu'elle
fait ne frapent pas ; mais elles interessent, & les gens faciles qui s'en
accommodent le moins pour donner
aveuglément dans tout ce qu'on leur
propose, se trouvent obligez par les
reflexions qu'ils font sur les accidens
qui leur arrivent , de se former sur
une vertu que leur imprudence leur
avoit fait auparavant regarder comme un deffaut.

Mais comme la bonté du cœur
ne prouve pas toûjours que l'on soit
genereux , la circonspection d'Iris
en servant ses amis, ne borne pas sa
generosité. C'est ici principalement
son caractere, & où je puis la mettre au jour avec toutes les differen-

tes couleurs que sa vertu me preste ;
mes loüanges ne seroient suspectes à
personne , s'il étoit possible qu'Iris
fût connuë de tout le monde, & qu'il
eût eu besoin d'elle ; le bien que j'en
dis , est un bien sincere qu'elle n'a
pas attiré par l'esperance des graces
& qui n'est produit par la reconnoissance d'aucun bien. Dévoüée à ses
amis , elle les aide dans tous les états
de la vie ; elle est galante dans les
présens qu'elle leur fait ; polie dans
sa maniere d'en recevoir ou d'en refuser , ingenieuse à faire plaisir , noble dans la justice qu'elle leur rend,
& magnanime quand il s'agit de leur
pardonner ; rien n'est capable de lui
en faire mal penser, & s'il faut aux
autres des apparences & quelques
raisons pour les persuader que leurs
amis sont changez ; il faut à Iris des
faits & des convictions pour les
soupçonner d'une lâcheté , tant les
soupçons & les défiances basses lui
sont peu connuës ; elle se les

onferve par les mêmes voïes qu'elle
fe les attache, & a autant d'interêt
de paroître toûjours ce qu'elle eſt &
dans ſon naturel, que les autres en
ont de s'en éloigner.

Perſonne n'a l'eſprit plus vif &
plus délicat ; elle l'a juſte, penetrant & enjoüé. A la verité ſa délicateſſe ne lui permet pas de former
des liaiſons fort particulieres avec
tout le monde ; mais elle y vit ſur un
pied, à ne donner nì préſomption à
qui que ce ſoit ni jalouſie, dans une
regularité de conduite à ſurprendre,
de ſorte qu'elle touche tout le monde
ſans être touchée.

Là où ſe découvrent les deffauts
ordinaires des perſonnes communes,
là même éclattent les divers charmes & les divers talens d'Iris ; on
croiroit que la converſation eſt ſa
place favorite, tant elle y brille, ſi
l'on ne lui trouvoit autant de naturel pour toutes les autres choſes
qu'elle entreprend.

Ce qui paſſeroit dans une autre pour une vanité, n'eſt chez elle qu'une juſteſſe de raiſon ; comme elle n'eſt pas exempte de toutes les foibleſſes de la nature, à peine lui échappe-il une vivacité hors de propos, que judicieuſe elle prévient tout ce que l'on en peut penſer, & n'attendant pas les reproches qu'on lui pourroit faire pour ſe retracter, elle rétablit par la juſteſſe de ſa raiſon, ce qui pourroit nuire à l'idée que l'on ſe doit faire de ſon eſprit.

Au reſte, quoi qu'elle l'ait picquant, & que ſa juſteſſe ne lui laiſſe échapper aucun des deffauts de ſes amis, bonne & enjoüée, elle s'en réjoüit ſans les décrier, & ménage autant en public leurs bévuës que ſi elle-même les avoit faites ; elle eſt naturellement carreſſante & flateuſe, & elle ne voit & n'entend rien dire aux autres qui puiſſe leur faire plaiſir, qu'elle ne le releve &

ne le fasse valoir avec cette délicatesse qui s'éloigne autant de la flat-
terie outrée que de la demie appro-
bation.

Pour persuader bien du monde que
je connois parfaitement Iris, je n'aurois qu'à dire un mot de sa taille &
de son visage ; mais ce sont des beautez reservées au langage des Dieux:
voïons ce qu'ils pourront nous en
dire.

Apollon de nos jours seul Zeuxis, seul Appelles,
   Prens en main tes meilleurs pinceaux ,
    Peins moi Venus sortant des eaux :
    Et pour en faire une image fidele
    Peins lui deux yeux plus brillans que le feu ,
    Où l'air tendre domine un peu.
Je lui veux un grand front & plus blanc que l'ivoire,
Peins un nez sans deffauts , peins un visage ovale ,
Où la rose & les lys disputent la victoire
    Avec un avantage égal.
Des plus vives couleurs rend sa bouche vermeille ,
Qu'à la beauté des yeux sa beauté soit pareille ,

Qu'autour d'elle les ris, les jeux

 Paroiſſent badiner ſans ceſſe,

Que Mars en la voïant adore ſa Deeſſe,

Et qu'il deſire encor les baiſers amoureux

 Qui comblerent jadis ſes vœux.

Acheve le portrait, rend ſa gorge parfaite,

Que deux globes de neige y brûlent mille amants

Que le reſte du corps ait tous ſes agrémens,

 Répend par tout une beauté ſecrette.

Mais que vois-je? Venus n'eut jamais tant d'appas;

Non, ce n'eſt point Venus, c'eſt B... elle-même,

Apollon, quel préſent ne te devrois-je pas,

 Tu viens de peindre ce que j'aime?

Vous ne ſçavez pas, dit un Abbé à celui qui venoit de lire, toute l'hiſtoire de cet Ouvrage: On avoit prié l'Auteur de le faire, parce qu'on vouloit tâcher de découvrir par-là, s'il avoit été aimé de la Dame en queſtion: On lui en avoit ſouvent demandé des nouvelles, ſans qu'on eût pû rien en apprendre de fort certain.

Il satisfit à ce qu'on lui demanda ,
& leut le portrait que vous venez
d'entendre , dans une maison , où se
trouvent quantité de gens illustres
par leur naissance & leurs ouvrages. On connoissoit la Dame en
question: l'Auteur y leut son Portrait,
& on le trouva si délicatement tourné
qu'on le lui fit lire 5, ou 6. fois. Madame D. M. dont tout le monde
connoît le merite , & l'enjoüement
ne s'étoit point trouvée à pas une
des lectures. C'étoit chez elle qu'elles
se faisoient : quand elle entra on s'é-
cria qu'elle avoit perdu de n'être
pas plûtôt arrivée , que M. un tel
avoit fait la plus jolie chose du
monde. Elle le pria de la lui lire ; il
s'en excusa honnêtement sur sa las-
situde. M. D. repliqua plaisament,
qu'elle bâilleroit s'il se faisoit prier
davantage ; & comme il se rendit
aprés s'être fait prier encore deux ou
trois fois, M. D. M. se mit malicieu-
sement à ouvrir la bouche dés la troi-

siéme ou quatriéme ligne , & aïant
fait un grand figne de croix comme
l'on fait avec le pouce ; l'auteur qui
étoit fatigué , fe fervit de ce prétexte pour fe repofer. Il ferma fon papier & ne voulut plus lire, quelques
prieres qu'on lui en fit. On joüa enfuite , & M. D. M. penfant qu'il
pourroit être ferieufement fâché de
fa plaifanterie, lui envoïa le lendemain matin une excufe en Vers, que
je vais vous dire fi ma memoire me
les fournit.

A. M. B. D. R.
EXCUSE.

SI je vous ai fâché, c'est pour vous faire
excufe,

Beau brunet, que je fais ces Vers,

J'aurois l'efprit bien de travers

Si je voulois railler vôtre fçavante mufe;

Ce fut par un trait d'enjoument

Que je fis certain bâillement

Qui troubla toute nôtre Fefte,

   Ce que vous lifiez m'enchantoit,

Mais un defir m'en vint en tefte,

Et je ne fçai d'où ce defir partoit;

Peut-eftre venoit-il d'un peu de jaloufie,

Peut-eftre de quelques vapeurs,

De laffitude, de douleurs,

Ou d'un esprit boûché ou plein de frenesie :
Quoi qu'il en soit, charmant brunet,
Je fis en badinant cet affront à vos œuvres,
Bâillez & faites pis en lisant ce billet,
Je vous permets toutes manœuvres.

J'ai vû, dit un Cavalier comme on achevoit de lire, un Rondeau de celui à qui l'on a adressé ces Vers. Il avoit perdu une Dame d'un merite rare, qu'il aimoit avec une tendresse extraordinaire. Quelques jours aprés cette perte, on lui demanda par une Lettre, dans quel état il étoit, ce qu'il faisoit, & s'il étoit toûjours affligé : comme je suis un de ses amis, il me fit voir son Rondeau, que voici.

RONDEAU.

DE temps en temps, pour soulager ma peine,
Je sors, j'écris, la nuit comme le jour,
Sans nul espoir de vaincre une inhumaine,
Et mon plaisir je trouve en mon amour.
Par tout on croit ma fidelité vaine,
Chacun s'en mocque & s'en rit à son tour,
Pas tant de mal ne me feroit sa haine;
Pour estre heureux, faut changer de sejour
  De temps en temps.

Cette maxime a passé pour certaine
Chez bien des gens; mais si peu qu'on en prenne,
En maints endroits l'on peut se trouver court.
Je m'en tiens donc à supporter ma chaîne;
Bien m'en a pris qu'elle n'est pas vilaine,
L'amour honneste a fait quelque beau jour,
  De temps en temps.

Je connois de qui vous parlez, reprit une Dame, cette personne merite bien d'estre autant aimée qu'elle l'est; c'est son portrait que l'on a lû il y a un quart d'heure, & qui a donné lieu à Madame de M.... si connuë par tant de Poësies vives & délicates, d'écrire l'excuse que vous venez d'entendre.

Mais à propos de M. de M.... comme il se trouve chez elle plusieurs jours de la semaine quantité de personnes de Lettres, l'on y proposa dernierement ces questions: sçavoir *S'il étoit plus glorieux à une Dame de s'immortaliser par sa beauté, en se faisant un Amant de reputation, qui la celebre dans ces Ouvrages, que d'acquerir elle-même l'immortalité par le merite de ses propres Ouvrages.* Plusieurs personnes écrivirent sur ces questions, & voici quel fut le sentiment de l'Auteur du Rondeau que l'on nous vient de lire.

FRAGMENT

FRAGMENT

d'une Lettre fur les queftions précedentes.

JE me fuis determiné, Madame, fur les deux queftions que l'on nous propofa hier, & ce n'eft point mon inclination pour les belles Lettres qui m'a trahi. Je ne fuis point de ces fçavans qui ne quitteroient point une penfée d'Horace pour une belle femme. L'un me fait affeurément plus de plaifir que l'autre ; & par là j'ai raifon de croire mon fentiment plusjudicieux ; je dis donc qu'il eft plus glorieux à une Dame de s'immortalifer par fes Ouvrages que par fa beauté, par la

V.

même raison que ce sont les actions extraordinaires du Heros , & non pas le merite de celui qui les celebre , qui le rendent immortel. Les faits prouvent & persuadent , les paroles plaisent & divertissent , & les uns & les autres ont de quoi immortaliser les sujets dans lesquels on les rencontre.

Mais les merites rares sont plus seurs de l'immortalité ; c'est la singularité qui distingue , qui releve , & qui fait la gloire. Il est plus avantageux à une Dame d'en acquerir par des Ouvrages qui en soient dignes , que de meriter l'immortalité par sa beauté , que plusieurs peuvent avoir en partage avec elle ; & aprés tout, la beauté d'une femme dans les Ouvrages d'un Poëte est moins souvent une merveille sans seconde, comme il le dit, que l'objet de sa passion. Toutes les beautez des Poëtes ne sont pas belles , & le pro-

verbe dit, qu'il n'y a pas de laides
amours. Chacun peut donc chan-
ter les siennes à sa fantaisie, sup-
poser même une bouche vermeille
& bien façonnée à de grosses lévres pâles ; le plus beau ratelier du
monde à de fausses dents ; de la
taille à un corps postiche ; des couleurs naturelles à de la peinture.
C'est le merite du chantre & non
pas celui de l'objet chanté qui passe
à l'immortalite ; & peut-estre qu'elle seule étoit son but ; les Peintres
& les Poëtes sont en possession de
mentir : en quel temps s'est-on plus
attaché à la verité offensée dans
leurs Ouvrages, qu'à la maniere a-
gréable dont ils ont menti ?

Qui m'asseurera que Corinne, si
belle aux yeux & dans les Ouvrages
d'Ovide, fut-t-elle qu'il l'a dépeinte.
Penseroit-on la reconnoître dans
les portraits qu'il en a faits , ou
la trouver ; telle , qu'il la trou-

voit lui - même ? Les chofes dé-
poüillées de la paffion qui nous y
attache perdent infiniment de leur
merite ; il n'y a point de beauté qui
puiffe foutenir long-temps fans aucun
rifque l'examen de deux yeux indiffe-
rens. En amour tout eft beau, fpi-
rituel, galant & bien-fait; les défauts font cachez à ceux qui aiment,
& par ceux qui veulent eftre aimez.

Qui croira pareillement les amans
de Sapho fi dignes de la tendreffe
qu'elle a mis pour eux dans fes
Vers ? qui, bien davantage, pourroit
m'affurer qu'elle l'ait reffentie ? En
tout temps les Dames ont été fuje-
tes à caution fur cet article ; elles
flattent & perfuadent aifément ce
qu'elle ne fentent pas, parce que
nous les aimons ; mais nous ne leur
perfuadons gueres ce que nous ref-
fentons veritablement, que parce
qu'elles en fouhaitent toûjours da-

vantage , & qu'elles croïent le meriter.

Pardonnez-moi , Madame, cette
petite injure à vôtre fexe. Je n'ai
pû dire moins contre l'ingratitude
de quelques belles que j'ai aimées.
Ainfi donc qu'une Dame s'immorta-
life, il lui eft plus glorieux de s'immortalifer par de beaux Ouvrages ,
que par ceux d'un grand Poëte que
fa beauté auroit touché. L'on oublie
Corinne, en lifant Ovide ; l'on fe
fouvient à peine de Phaon en admirant Sapho. Ces noms vivent , &
le merite ne fubfifte plus. Or la
beauté qui finit avant la perfonne ,
ne peut eftre un fujet pour l'immortalité. Il faut mourir jeune pour vivre long-temps dans la memoire des
hommes , parce que l'on meurt belle , ou renoncer à cette immortalité , pour avoir marqué en vieilliffant trop d'attachement à la vie.

Je fçai , Madame , que j'aurai

contre moi toutes les belles, & les
Amans declarez qui font en plus
grand nombre que les Poëtes ; mais
je ferai vengé du nombre, fi j'ai
pour moi une feule belle qui faffe
des Vers. Je fuis, Madame, &c.

Cette Lettre donna occafion à
plufieurs entretiens fur le même fujet, avec lefquels on finit la Séan-
ce.

Un autre jour que la même Compagnie fe trouvoit affemblée, un
Cavalier propofa de faire lecture
d'une Critique du Val-de-Grace,
qui lui étoit tombée entre les
mains. Il dit qu'elle étoit d'une
Dame d'un merite encore plus di-
ftingué par fa vertu que par fon
merite. Elle l'avoit faite en badinant, pendant qu'elle étoit
toute jeune, pour répondre à
la gloire du Val-de-Grace, que
Monfieur de Moliere avoit fait en
faveur de Monfieur Mignard, dont

il aimoit la fille. Je vous la lirai, ajoûta-t-il, avec ses deffauts; car Monsieur de Colbert, le Ministre d'Etat, qu'elle a réjoüi, n'aïant point voulu qu'on y touchât, je croirois gâter une chose qu'il a trouvée bonne, toute imparfaite qu'elle est, si je m'étois mêlé de la corriger.

Il ne sera peut-être pas hors de propos après cela de vous dire que les soixante ou quatre-vingt premiers Vers de ce Poëme, sont sur les mêmes rimes que les premiers du Poëme du Val-de-Grace, de Monsieur de Moliere, & que comme cet excellent Comique n'avoit entrepris le sien que pour loüer Monsieur Mignard, la Dame qui en a fait la Critique, n'en forma le dessein que pour faire sa cour à Monsieur de Colbert, qui prote-geoit Monsieur le Brun, qui étoit l'Emule & le Concurrent de Mon-

ñeur Mignard ; cette précaution
prise, je crois n'avoir plus qu'à lire ; car je ne sçai rien de plus.

REPONSE.

REPONSE
A LA GLOIRE
DU
VAL DE GRACE.
DE M. DE MOLIERE.

LA COUPE PARLE.

Esprit de nos jours le plus rare ;
Toi de qui la plume se pare
Ton nom d'entre tous les Acteurs
Pour le mettre au rang des Auteurs,
Toi qui sans effort de ta veine
Corrige la nature humaine,
Et qui par un art merveilleux
Joins au plaisant le sérieux.

X

Qui critiques sans complaisance

Toutes les sottises de France.

Pourquoi faut-il pour mon malheur,

Aaujourd'hui contre ton humeur

Que tu m'éleve dans la nuë

Pour me rendre aux yeux trop connuë ?

Veux-tu paſſer pour un menteur,

Toi qu'on ne crut jamais flatteur ?

Car ſi je ſuis une merveille,

Hélas , ce n'eſt que pour l'oreille !

Puiſque pour l'œil Dieu ſait comment

Il en juge differemment ,

Veux-tu que l'on diſe à ma honte

Que ce trop d'honneur me ſurmonte ?

Cachez-donc à tout l'Univers

Ces grands & magnifiques Vers ,

Car leur éloquence divine

Seroit cauſe de ma ruine.

Je ſçai ce que l'on dit de moi ,

L'on ne te croit pas ſur ta foi ,

Chacun juge par ſa lumiere,

Et ſans trop reſpecter Moliere,

Je verrai faire mon procés.

Malgré la brigue & les Placets,

Tous les Sçavants viendront en troupe

Donner un arrêt fur la Coupe,

Et feront publier tout haut

Leur fentence fur mon deffaut.

Enfin j'ai beau faire la fine,

J'ai méchant jeu & bonne mine,

Toute ma beauté n'eft qu'un fard

Peu caché pour les gens de l'art :

Mais auffi-tôt qu'on m'examine,

Je dis adieu la bonne mine,

Car de la tefte jufqu'au pieds,

Mes membres font eftropiez ;

Au moins, c'eft ce que j'entens dire,

Et que je crains de voir écrire.

Je vois venir de jour en jour

Mille perfonnes tour à tour,

Qui foutiennent devant moi même

Ce qui n'eft pas dans ton Poëme.

C'eft pourquoi, fçavant Ecrivain,

Remets donc la plume à la main ;

Non pour joüer, mais pour deffendre ;
Car ſi je puis faire entendre
Tous les deffauts qu'on trouve en moi,
Ce que l'on dit lorſqu'on me voit,
Tu ne ſeras pas ſans affaire
Si tu prétends y ſatisfaire.

Les pilleurs & les aſſaſſins
N'ont jamais fait plus de larcins
Que j'en fais paroître à la vûë.
Les habits dont je ſuis vêtuë,
Sont vollez dans les plus Saints Lieux,
C'eſt quelque choſe d'odieux.
Mais helas ! ce n'eſt pas le pire
Et voici ce que j'entends dire ;
Que celui qui m'a enfanté
A le cœur plein de cruauté,
Des Vierges il fait des Martyres,
Il les diſſeque, il les déchire ;
Il leur caſſe jambes & bras
Sans épées & ſans coûtelas,
L'on dit même que les Apôtres
N'en ſont pas exempts plus que d'autres ;

Il les a mis dans le malheur
D'avoir tous befoin d'un bailleur;
Mais ce qu'on dit de plus étrange,
C'eft qu'il n'épargne Dieu ni l'Ange.
A cela que repondras tu ?
Ton cœur n'eft-il pas abbatu ?
Mais helas, que pouvoir répondre !
N'eft-ce pas de quoi nous confondre ?

Je fçai bien que mes partifans
Soutiennent que les médifans
Prevenus de leur injuftiée,
Me condamneront par malice :
Mais qu'en dép't de leurs difcours,
Le grand Mignard fera toûjours
Dans fon cabinet un rare homme,
Qu'il a fait miracle dans Rome,
Et qu'il a pour admirateurs
De l'art les plus grands connoifleurs,
Qui foutiennent que ma peinture
Eft plus parfaite que nature,
Que je dois paffer dans ces lieux
Pour le plus beau charme des yeux.

Si ce difcours n'eft veritable,

Il eft tout au moins favorable ;

Mais fans me flatter je crains bien

Que les Sçavants n'en croient rien.

Je vois tous les jours dans ce Temple,

Tout le monde qui me contemple ;

L'ignorant comme le Docteur,

Se mêlent d'être mon cenfeur.

Un Marchand la derniere Fefte,

Difoit tout haut levant la tefte,

Le parement de cet Autel *

Devoit eftre du brocatel,

Bien chamaré de broderie

Plûtôt que de tapifferie ;

Car cette mocquette n'eft pas

Si belle que du taffetas.

Il faut que ce peintre foit chiche

De ne l'avoir pas fait plus riche :

Falloit il mettre en Paradis

Des bergames du temps jadis ?

Vraïement ce feroit grand dommage,

* Au fond de la gloire du Val de Grace, on voit un Autel paré & deffus un Agneau que l'on égorge.

Répondit la femme plus sage,
Si l'on en eût fait un plus beau ;
Car le sang de ce pauvre Agneau
Qui coule dessus la serviette,
Gâteroit toute la moquette.
Alors plusieurs gens de sçavoir,
Qui pour lors m'étoient venus voir,
Firent tous un éclat de rire
De ce qu'ils venoient d'oüir dire.
Chacun juge selon son sens,
Dit un d'entre les connoissans,
Ce Peuple qui parle à sa mode,
Sans science ni sans methode,
Sçait découvrir le plus souvent
Ce qui n'est pas veu d'un sçavant :
Car cette simple femmelette,
Qui pour soûtenir sa moquette,
Donne son jugement tout haut,
Me découvre un fort grand deffaut,
A quoi je ne prenois pas garde
Depuis le temps que je regarde.
Car cet Autel apparemment,

Suppofe du vieil Teftament
Le facrifice & la victime
Qu'on offroit à Dieu pour le crime ?
Sur le même Autel on brû'oit
La victime qu'on immoloit.

Cet Autel n'eftoit que de pierre,
C'eft donc une faute groffiere,
Et Mignard n'a pas apperceu
En mettant un linge deffus,
Que cette toile fufceptible
D'un élement fi combuftible,
Auroit brûlé avec l'Agneau.
Or c'eft avec un fentiment nouveau,
De croire qu'on brûla la nappe,
Et c'eft à quoi Mignard s'attrappe :
Mais pourquoi mettre un parement ?
C'eft un deffaut de jugement.
Je foutiens fans être critique,
Qu'il n'eft point dit au Levitique
Que l'Autel fût jamais paré
Quand l'Agneau étoit preparé
Pour être offert en facrifice ;
Ce difcours eft fans artifice.

Mais, répondit un curieux,
Du nombre de ces vertueux,
J'apperçois bien autre chose;
Qui merite un peu que l'on glose.
La Croix de Malte assurément *
N'est pas de l'Ancien Testament;
Il n'est point dit dans l'Ecriture
Qu'elle dût servir de parure
Alors qu'on immoloit l'Agneau.

Cet Ouvrage est pourtant fort beau,
Dit un homme de la troupe,
Je prends le parti de la Coupe,
Et je soutiendrai hardiment
Que Mignard est Peintre excellent.
Que trouvez-vous à sa maniere.
Je ne la crois pas la premiere,
Lui répondit le Curieux,
Soûriant d'un air dédaigneux,
Je n'aime point la raillerie,
Vous n'en parlez que par envie,

* On voit aussi à l'Autel une Croix faite comme
celles de Malte.

Dit tout chagrin mon deffenseur ;

Et vous n'étes qu'un aggresseur.

Pour moi j'entreprends sa deffense ,

Et je veux en vôtre présence ,

Dit-il , s'adressant à plusieurs

De ces illustres Auditeurs ,

Lui faire avoüer à sa honte

Que ce Goguenard se méconte.

Ha! Monsieur , je vous prens au mot ,

Et sans faire un autre complot ,

Dit le curieux , je vous prie ,

Parlons ici sans raillerie ,

Sans violence & sans excés ;

Faisons à Mignard le procés ;

Tous ces Messieurs sans se contraindre

Avec vous pourront tous se joindre , .

Je ne crains point la quantité

Quand j'ai pour moi la vérité ;

Mais prenons chacun une chaize

Pour en mieux parler à nôtre aise.

Mon Deffenseur lui répondit ,

Souffrez , Monsieur, sans contredit ,

Que cette illustre Compagnie
Suive seulement son genie ;
  C'est pourquoi , Messieurs , vous pourrez
Prendre quel parti vous voudiez.
    Alors ces Illustres du siécle ,
Composant un assez beau cercle ,
  Suivant leurs inclinations ,
  Sans contrainte ni passion ,
  Prirent parti sans contredire ,
Pour oüir ce que je vay dire.
  Mais helas ! mon cher Protecteur !
  Moliere mon cher Deffenseur ,
  Que ma surprise fut extrême ,
Alors qu'en ma présence même
Cette illustre Troupe de gens
  De deux côtez se partageans.
Je vis helas ! pour ma deffense,
  Bien des gens , mais peu de science ;
J'eus pour moi des acclamateurs ,
  Des partisans , des sectateurs ;
  Les amateurs de la science
  Abandonnerent ma deffense,

S'approchant des ſçavans de l'art,
Contre moi firent bande à part,
Chacun aïa-t crié ſilence;
  Pour commencer la conference
L'on fut quelque temps à penſer
  Qui des deux devoit commencer,
Mais ſuivant la loi de l'Ecole
  L'agreſſeur commença ſon Role.

    Meſſieurs, je n'ai pas entrepris,
Dit-il, de gagner vos eſprits
Par un diſcours plein d'éloquence,
Soutenu d'art & de ſcience;
Je veux parler ingenument,
  Sans détour & ſincerement,
Sans vouloir étendre la phraſe,
Sans periode & ſans emphaſe,
Vous prouver tout preſentement,
Mais en quatre mots ſeulement,
  Que ce grand chamaïllis d'ouvrage,
A qui pluſieurs rendent hommage,
N'a rien qui ne ſoit imparfait,
Défectueux ou contrefait,

Contraire à l'art de la peinture,

Choquant la raison & nature ;

Car je pose pour fondement

Qu'un Peintre de grand jugement

Doit dans l'esprit avoir presente

L'idée de ce qu'il invente,

Que son imagination

Doit produire l'expression

De son sujet, & qu'il ordonne,

Sans rien emprunter de personne,

Et je mets en fait qu'à vos yeux

Je vais trouver dedans ces lieux,

Dans cette Coupe si vantée,

Plus d'une figure inventée.

Non pas pour une ni pour deux,

Le compte en seroit ennuïeux ;

Ne pensez pas que je suppose,

Je me rends garand de la chose,

Et veux passer pour un menteur,

Si Mignard est un inventeur.

C'est une chose insupportable,

Mais pour la rendre plus croïable,

Suivez-moi du doitg & de l'œil,

Et faisons ici le recüeil,

Des figures qui sont connuës.

Si nous les tirions de ces nuës

Le reste seroit bien petit,

Et l'on verroit si j'ai menti.

Tinteret, Pietre de Cortonne

Ne sont inconnus à personne;

L'Anfrane, le Guide & Raphaël,

S'ils ostoient ce qu'ils ont au Ciel,

Il resteroit peu sous le ceintre

De l'esprit & de l'art du Peintre;

Mais pour les pillages passez,

Il priera pour les trépassez.

Puis qu'il montre par cet Ouvrage

Le grand secours & l'avantage

Qu'on tire des Peintres fameux,

Dans le séjour des Bienheureux.

Mon Deffenseur prit la parole,

Monsieur, est-ce ainsi que l'on vôle

La haute reputation

D'un homme plein d'invention?

J'ai regret de vous interrompre;

Mais ce difcours pourroit corrompre
Cette illuftre troupe d'Amis :
Souffrez-donc qu'il me foit permis
Que je réponde à cette injure,
A cette outrageante cenfure.
Non, non, je ne puis fans douleur,
Continua mon deffenfeur,
S'adreffant à toute la troupe,
Entendre condamner la Coupe,
Puifqu'el'e fait voir à nos yeux
Le bon goût & le précieux.
Ce grand Peintre dont fa maniere
Eft de l'Europe la premiere,
L'aïant feul peinte de fa main,
Montre qu'elle eft du goût Romain ;
Son ordonnance eft entenduë,
Elle prend l'efprit & la veuë :
Le beau Contrafte s'y fait voir,
Et Mignard fe peut prévaloir,
Qu'il fçait tout feul en la Nature
L'Empatement de la peinture ;
Il fçait la force des couleurs,

Il les ménage avec douceur,
Et répand si bien les lumieres
Sur les crouppes & les derrieres,
Qu'il en resulte une union
Q i donne l'admiration.
Mais sans qu'aucun de vous m'écoute,
Levez les yeux à cette voute,
Et regardez-la s'il vous plaît,
Rien n'y choque, mais tout y plaît ;
Est-il rien de plus admirable,
De plus grand, de plus venerable,
Que paroît ce Pere Eternel ?
Jamais le divin Raphaël,
Qui fut le Mignard de son âge,
N'a fait un si parfait Ouvrage
Que ce beau séjour glorieux ;
N'est-ce pas-là peindre des Cieux,
Puisque le plus petit des Anges
Meriteroit mille loüanges?
Mais venons au particulier
De cet Ouvrage singulier ;
Ce côté me ravit entr'autres,

Où

Où font dépeints les grands Apôtres.

Saint Pierre dans ce te action

N'a-t-il pas une expreffion

Qui peut paffer pour un miracle?

Il paroit là comme un Oracle ;

Il femble qu'il prêche tout haut ,

Cette figure eft fans deffaut ,

Elle merite qu'on l'admire ,

Et c'eft tout ce qu'on en peut dire.

Saint Paul de fon long étendu

Exprime d'avoir entendu

L'éclat de cette voix tonnante

Qui le fit tomber d'épouvante ,

Lorfque la lumiere des Cieux

Eteignit celle de fes yeux.

Son ame en paroît allarmée

Autant que la mienne eft charmée.

A côté de là j'apperçois

Ce Saint qui nous prêcha la foi ;

Il eft habillé d'un blanc falle ,

Son vifage paroît fort pâle ;

Mais cela fert à l'union

Autant qu'à la devotion.

Remarquez ce grand Saint Jerôme,

Il fait miracle dans ce Dôme ;

Car son grand & sublime esprit,

Sans penser à ce qu'il écrit ,

Rumine de grandes idées

Elles font si bien accordées

Soit avec l'art ou le sujet ,

Qu'on est ravi par cet objet.

Mais admirez dans ces espaces,

La beauté de ces grandes Masses.

Moïse appuïé sur la Loi,

Est un prodige selon moi.

Près de lui les Ifraëlites,

Ces grands hommes pleins de merite,

Expriment si bien la grandeur ,

La Majesté dans sa splendeur,

Qu'il n'est rien de plus magnifique,

Et l'on ne voit rien dans l'antique ,

Dans ce fameux reste du beau

Qui puisse égaler ce morceau.

Mais tournons un peu nôtre chaize ,

Nous verrons le reste à nôtre aise,

Je ne trouve rien dans ces lieux,

De plus agréable à mes yeux,

Que cette Sainte Catherine,

Pleine d'une grace divine.

 L'on voit dans son extention

 Une admirable expression,

Elle est toute passionnée,

C'est une des mieux ordonnées,

Et nous devons tous avoüer

Qu'on ne peut assez la loüer.

 Là Sainte Ursule avec sa troupe,

 Ne fait-elle pas un beau croupe,

Qui donne du ravissement,

Mais sur tout dans l'arangement ?

De tant de figures pareilles,

Ce Peintre fait voir des merveilles.

Cecile d'un air gracieux

Frappe l'oreille avec les yeux,

 Mais un autre objet prend ma vûë,

Cette Agnés qui paroît vétuë

D'un habit plein de pureté

Pour marquer fa virginité.

Cette Agnés de qui la jeunæffe

Paroît autant que la nobleffe,

Tient entre fes bras un mouton,

Qui je crois la baie au menton;

Admirez un peu la tendreffe

De cette innocente careffe,

Qu'elle exprime bien fa douceur

En l'embraffant de fi bon cœur.

J'aurois mille chofes à dire

De cette autre Sainte Martire,

Et de ce grand Saint Auguftin,

Le Docteur du Peuple Latin.

Mais je juge à vôtre vifage

Qu'en admirant ce bel Ouvrage,

Chacun de vous dira tout haut,

Que cette Coupe eft fans deffaut.

Et c'eft ce que j'en dois attendre.

Monfieur, vous pourriez vous méprendre,

Dit le Curieux, & je le crois

Que chacun doit parler pour foi;

Car fouvent, dit-il en s'engage

A faire un méchant personnage,

Ainsi que je vous vais montrer.

J'ai des coups qu'on ne peut parer,

Et sans emploïer d'autres charmes,

Je ne veux que vos seules armes,

Pour détruire vôtre discours :

Je vous dirai donc sans détours,

Que je ne vois point d'ordonnance,

De grandeur, de magnificence,

Ni rien qui surprenne les yeux.

Rien d'éclatant, rien de pompeux

Dans cette si fameuse Coupe,

Où l'on ne trouve aucun groupe,

Bien que vous l'aïez soutenu.

Le Contraste mal entendu

Y fait ce qu'il ne doit pas faire :

Par une expression contraire,

Je suis d'accord que l'union

S'y trouve avec confusion,

Rien ne se détache à la veuë,

La figure tient à la nuë,

Le nuëment de la couleur

N'exprime que de la fadeur.

La figure est tres-mal diapée,

Ce n'est que de serge frappée,

Dont chacun des Saints est vêtu,

Elle couvre si bien le nud,

Que la science sera fine

Si les contours elle devine;

Tous les plis y sont mal jettez,

Pour la plûpart mal inventez;

L'étoffe est si lourde & grossiere

Que si la nuë étoit legere,

Tous les Saints seroient au hazard

De la passer de part en part.

La lumiere est mal entenduë,

Car loin de pousser elle tuë;

Elle ne couvre qu'un placart,

Bien moins lumineux que blafart.

Mais revenons à la figure,

Ce chef-d'œuvre de la Peinture;

Car c'est en cela qu'on peut voir

De Mignard le divin sçavoir.

Je dirai déja par avance,

Que c'est une haute imprudence,

De donner des expreſſions,

Ou plûtôt des contorſions,

Des actions ſi meſſéantes

Aux ames qui ſont joüiſſantes

De la gloire du Firmament,

Toûjours dans le raviſſement,

De contempler Dieu face à face,

Dans ce jour qui jamais ne paſſe ;

Car tous les Saints qui ſont aux Cieux,

D'un corps celeſte & glorieux,

Unis avec le Chœur des Anges,

Chantans d'éternelles loüanges,

Ainſi toute leur action

N'eſt rien qu'une adoration.

Cependant je ne puis comprendre,

Et c'eſt ce qu'on ne peut deffendre,

Que Mignard veüille faire voir

Des actions de deſeſpoir,

Qui ſont au milieu d'une gloire.

Ce n'eſt pas entendre l'hiſtoire ;

Si ce reſpect que j'ai pour Dieu

Ne me retenoit en ce lieu,

Je vous ferois bien·tôt connoître
Les deffauts que je vois paroître.
Monsieur, nous vous connoissons bien ,
Et vôtre zele est trop Chrêtien ,
Lui répondit un de la Coupe ,
Pour ne pas condamner la troupe ,
Sans que l'on manque de respect ,
Ni rien dire qui soit suspect.
L'on peut condamner un Ouvrage ,
Quoi qu'on en revere l'image ,
Sans offenser le Tout- puissant ,
L'on peut corriger l'artisant ;
C'est pourquoi vous pouvez sans crainte
Nous parler ici sans contrainte.
Je dis donc qu'un Peintre fameux,
Traittant un sujet glorieux ,
N'y doit rien mettre qui n'exprime
Le grand , le divin , le sublime ;
La raison ne lui permet pas
D'y rien faire entrer qui soit bas ,
Car vous sçavez tous qu'on critique
Le Tableau le plus authentique ,

Qui

Qui soit au Cabinet du Roy.

Il est dans sa Chambre je crois ;

C'est du sçavant Paul Veronesse.

Ce Tableau n'a rien qui ne plaise,

L'on voit le Sauveur des humains

Qui se tient lui-même en ses mains,

Aïant transfinis en sa nature

Nôtre ordinaire nourriture.

Les deux Pelerins d'Emaüs

Au Domine non sum dignus,

Connoissant qu'ils sont à la table

D'un Dieu mort pour l'homme coupable,

Entrant en admiration

Au moment de la fraction :

Et leur ame toute ravie

De le voir dans ce pain de vie,

Represente bien à nos yeux

Un effet si miraculeux.

Mais ce qui manque à l'ordonnance

De ce Tableau plein de science,

C'est qu'auprés de ce grand sujet

Les yeux sont pris d'un autre objet.

Z

L'on voit une grande famille,
Pere , mere , garçons , & fille,
Un enfant joüer avec un chien,
Et voilà ce qui diſconvient
Dans cette divine peinture ,
Qui donne lieu qu'on la cenſure.
Jugez donc parce que je dis,
En regardant le Paradis,
Que Mignard fait voir à la vûë
Un défaut plus grand ſur la nuë ,
Et ſans préoccupation ,
Faiſons en l'obſervation ,
Si Raphaël le veritable
Peignoit ce ſujet adorable,
Lui qui ſelon ce que j'entends ,
Eſtoit le Mignard de ſon temps.
Il ſe fût bien gardé de faire
Tout ce qui peut ici déplaire,
Eût-il fait le Pere Eternel
Comme a fait ce faux Raphaël:
Je n'en dirai qu'une parole,
La tête eſt toute ſur l'épaule.

Le Raphaël du temps passé,

Sans doute auroit mieux compassé,

Pour la poser selon nature,

Sur le milieu de la figure ;

Mais arrestons-nous un moment,

Regardons attentivement

Ce grand Saint le Chef de l'Eglise.

Pierre à qui la foi fût promise,

Pierre qui connut dans sa chair

Son Sauveur qui lui fût si cher ;

Pierre dont l'ame courageuse,

Sans craindre une mer orageuse,

Marche sur son liquide dos,

Pour suivre son Dieu sur les flots.

Mais à present qu'il peut sans voiles,

Assis plus haut que les étoiles

Le contempler à son plaisir,

Ce grand Saint change de desir.

Et son ame dans l'emphrée,

De l'amour n'est plus enyvrée,

Puisqu'il n'est point dans l'action

D'un cœur plein d'adoration.

Z ij

Saint Paul dont l'ardeur & le zele
Servoit à son ame d'une aile
Pour l'élever jusques aux Cieux,
Dans la Coupe paroit aux yeux,
Comme au moment qu'il fait sa chûte
Lor'que l'Eglise il persecute.

Faloit-il donc aprés sa mort,
L'oster d'un celeste transport,
Pour l'exposer à nôtre vûë
Couché de son long sur la nuë.

Saint Jerôme est plus effrayé
Que tout un peuple foudroyé,
Son action est inquiéte
Comme s'il voïoit la trompette
Qui doit sonner au Jugement.

L'extase ou le ravissement
Qui remplit les Saints d'allegresse,
Se change en lui comme en detresse;
Il tient des papiers en ses mains,
Est-ce pour écrire aux humains;
Car on voit bien qu'avec sa plume
Il compose quelque volume:

Mais ne blâmons pas ce grand Saint,

Il écrit contre son dessein,

Et l'on connoît bien à sa mine

Que c'est pour cela qu'il rechigne ;

Voïant que Mignard desormais

L'a fait écrivain pour jamais.

Tinteret l'a fait sans écrire,

Dans l'endroit où Mignard le tire ;

La trompette du Jugement

Cause là son étonnement.

Mais ici ce Peintre est blâmable,

Et sa faute est inexcusable,

De faire un Saint dedans la peur

Pour marquer son parfait bonheur.

Venons à Sainte Catherine,

De qui l'éloquence divine

Convertit les plus grands Docteurs,

Ainsi que ses persecuteurs.

Est-elle ici dans l'attitude

Qu'il faut pour la Beatitude,

Elle exprime une passion

Contraire à l'adoration,

Et l'on connoit dans son visage
Le ressentiment d'une outrage.

Aussi ne se trompe-t-on pas,
C'est la Didon près du trépas;
Cette belle Didon du Guide,
Cette illustre de l'Eneïde,
Qui se tua sur un bucher
Pour Enée au cœur de rocher;
Dans cette action si cruelle,
Sans avoir l'esprit scrupuleux,
Il met son dépit dans les Cieux.
Aussi voit-on que cette Sainte
Comme une desolée est peinte,
Mignard n'en a voulu changer
Que la nüe pour le bucher.

Pour sa longueur elle est extrême,
Mais il en fait d'autres de même.
Cecile du plus haut des Cieux,
Pleine d'un desir curieux,
De son bonheur étant trop lasse,
Regarde en bas ce qui s'y passe.

Mais retournons un peu plus loin,

Et dites-moi s'il est besoin

De nous representer Moïse

Appuyé sur la Loi promise ;

Ce Prophete qui soupiroit,

Qui depuis long-temps aspiroit

D'être en la gloire Bienheureuse :

Aujourd'hui son ame est réveuse,

A peine leve-t-il les yeux

Pour contempler qu'il est aux Cieux,

Josué comme sur la terre,

Semble encor aller à la guerre ;

Il ne manque à son air altier,

Qu'un front couvert de laurier.

Abraham avec son épée,

Après que sa trame est coupée,

Voudroit il faire assassinat,

Sédition ou attentat,

On ne sçait ce qu'on en peut croire ;

Car ce Saint Michel dans la gloire,

Semble vouloir tout terrasser,

Détruire, abattre & fracasser,

Le voyant couvert de cette arme,

Il semble aller donner l'alarme.

A qui en veut-il dans les Cieux,

Si ce n'est à ces Bienheureux,

Selon ce qu'en écrit de Pilles,

Ce Peintre sera bien habile,

S'il n'est obligé d'avoüer

Que sa figure est à loüer,

Puisqu'elle est si peu necessaire

Pour un si glorieux Mystere.

Mais vit-on jamais rien de tel

Que le marche-pied de l'Autel,

Il en tire le point de vûë,

D'une perspective inconnuë.

L'on prendroit les nuës ici-bas

Pour des coussins ou matelas,

Où les figures sont couchées,

Elles sont si bien arrangées

Qu'un jeu d'orgue ne l'est pas mieux,

Puisqu'elles font voir à nos yeux

Les plus grandes sur les derrieres,

Et les petites les premieres.

J'en prends devant nous à témoin

Ce glorieux Sain Auguftin,
Il ne pourra pas m'en dedire,
Tout le monde fe prit à rire,
Ce qui fit rompre ce difcour ;
Car tous ces Meffieurs à l'entour,
Avoüerent en ma préfence
Qu'ils abandonnoient ma défenfe ;
Mon deffenfeur les entreprit,
Leur difant que des gens d'efprit
Me tenoient pourtant dans le monde
Pour la merveille fans feconde ;
Et qu'il feroit voir à leurs yeux
Un Poëme miraculeux
Qu'avoit fait le fçavant Moliere,
Qui parle d'une autre maniere
Que cette troupe n'avoit fait.
Mais, Monfieur, cela gift en fait,
Répondit un de l'affemblée ;
Car c'eft parler à la volée,
Que de citer ici des Vers
Pour les Juges de l'Univers.
Sans vouloir offenfer Moliere,

L'on peut dire que sa lumiere

Ne va pas à juger d'un art,

Qu'on ne connoît pas par hazard,

Et la poëtique science

N'infuse point la connoissance

De décider par son cerveau,

De ce qu'à d'habile un pinceau,

Pour en faire une remontrance

Au plus éclairé de la France.

Celui de qui le jugement

Connoît tout si parfaitement,

Et de qui la vive lumiere

Se peut bien passer de lumiere;

Car enfin suivant son rapport,

Un sage Ministre a grand tort, *

De ne pas emploïer un homme

Qui dans l'étude se consomme,

Et de qui le pinceau fameux

Porteroit jusqu'à nos neveux,

Par une éternelle memoire

De ce grand Ministre la gloire;

Lorsqu'il dit dans son discour

* Monsieur de Colbert qui preferoit M. le Brun à Monsieur Mignard.

Que Mignard ne fait point fa cour,
Pour attirer par cet hommage,
Des proneurs l'éclatant fuffrage ;
Son Poëme montre aujourd'hui ,
Qu'il n'eft rien qu'un Placet pour lui,
Où tous ces grands mots de Peinture,
Tons Maffes valeur en pâture,
Que la rime en chaffe fi bien,
Sont tous mots qui ne difent rien,
Puifque pas un ne tient fa place
Dans la Coupe du Val de Grace :
Mais enfin , dit le curieux ,
Les objets font faits pour les yeux ,
Et les paroles pour l'oreille ;
Si la Coupe eft une merveille ,
Ce n'eft que dedans fes beaux Vers ;
Mais comme tout a fon revers ,
Lorfque nôtre œil voit fa peinture,
Ce grand juge de la nature,
Fait confeffer à nôtre efprit
Que fa beauté n'eft qu'en écrit.

    On s'entretenoit de la forte,

Quand le Portier ouvrit la porte,
Et fit entrer en un moment
Un tas de monde en fe pouffant,
Qui preffant, vint prendre place
Danr le milieu du Val de Grace.
Là chacun dit fon fentiment,
Donnant fur moi fon jugement.
Dame Anne dit à fa commere,
Voilà la bonne Reine Mere,
Qui monte dans le Paradis.
Helas ! je voïons ce qu'on dit,
Ma pauvre commere ma mie,
Qu'il fait bon bien paffer la vie,
Pufqu'a lors que la mort viendra,
Qui bien a fait, bien trouvera;
Regarde comme à l'eft veftuë,
Je penfions qu'on fût toute nuë
Dans le Ciel aprés qu'on eft mort,
Tu vois bien que j'avions grand tort.
Mais regarde, Dame Simone,
Voilà nôtre bonne Patronne,
Qui tient dans fes bras fon agneau ?

Ah ! mon Dieu que cela eſt beau !

Vois-tu bien comment il la baiſe ,

La pauvre bête qu'il eſt aiſe ;

Plût à Dieu être comme lui ,

Non pas demain , mais aujourd'hui,

Quoi tu voudrois être une bête ,

As-tu du bon ſens dans la tête ,

Lui repliqua Dame Aliſon ,

D'être une bête ſans raiſon.

Bête ou non , cela ne m'importe ,

Pourveu que j'y fus de la ſorte ,

Puiſque je ſçai bien que l'on dit

Que tout eſt Saint en-Paradis.

Ecoutez-là comme a raiſonne ,

Lui repliqua Dame Simone ,

Ne voudrois-tu point être auſſi

Comme ce lion que voici.

Fy, dit-elle , en branlant la tête ,

C'eſt une trop méchante bête.

Tu ne ſçay donc ce que tu veux ,

En Paradis tout eſt heureux ,

Au moins tu viens de nous le dire ;

Tout le monde ſe mit à rire,
De ce qu'il avoit entendu ,
Cette femme a bien répondu ,
Dit un gros homme de la bande :
Car dites- moi , je vous demande ,
D'où vient que ce grand Peintre a mis
Des têtes dans le Paradis.
Penſez qu'il a falu des gruës
Pour les jûcher deſſus les nuës.
Elles ne ſont pas d'ici bas ,
Dit l'autre , ne voïez-vous pas
Le Pere Noé prés de l'Arche ,
Montez ſur le coin de la marche ,
Et vous le verrez aiſément.
Ah ! je l'apperçois voirement ,
Noé s'acoſte ſur le feſte ;
Mais je vois bien que cette bête
Eſt trop groſſe pour en ſortir ,
Car elle n'y ſçauroit tenir.
Mais repliqua , Dame Simone ,
Que ce vieillard ici m'étonne ,
Avec ſon grand coûteau de fer ,

Est-ce pour tuer Lucifer,
Este-vous folle, ma commere,
Répondit Dame Anne en colere,
C'est nôtre bon Pere Abraham
Qui veut égorger son enfant.
Son enfant, dit Dame Simone,
Oüi car le bon Dieu lui ordonne,
Dit Dame Anne, il n'a pas de tort,
Quoi l'égorger aprés sa mort,
Dit Simone, il n'est pas croïable,
Le Seigneur est trop pitoïable,
Pour vouloir souffrir qu'à ses yeux
L'on tuë un enfant dans les Cieux,
C'est ce que je ne sçaurois croire,
C'est que tu n'entends pas l'histoire,
Répondit un autre d'entre eux.
En même temps le curieux
En faisant un éclat de rire :
Hé bien, Messieurs, que peut-on dire,
Qui soit plus plaisant que cela,
Et vous devez juger par-là,
Dit-il, à ces gens de science.

Combien il est de consequence

De ne rien exprimer de faux,

Dans la sculpture & les tableaux,

Principalement aux Eglises,

Pour les erreurs & les méprises

Que cela fait aux simples gens ;

L'on doit plûtôt en ménageant

Leur simplesse & leur ignorance,

Les porter à la connoissance

Des misteres de nôtre foi,

Suivant la croïance à la loi,

Ainsi termina l'Assemblée,

Ce qui me rendit si troublée,

Que depuis ce fâcheux moment,

Je me trouve sans mouvement ;

L'on me prendroit pour une pierre,

Voilà docte & rare Moliere,

L'état fâcheux où je me voy.

Malgré ce que tu dis de moi,

Malgré tes éloges sublimes,

Malgré tes magnifiques rimes,

Chacun

Chacun de moi s'entretiendra
Tant que l'ouvrage durera,
Qui n'en dira mot fera grace
A la Coupe du Val de Grace.

A MONSIEUR
DE
MOLIERE,

En lui envoïant la Critique
précedente.

Toi qui possede en tout le parfait art de plaire,
Esprit le plus brillant qui soit en l'Univers,
Tu diras que la Coupe est mal en Secretaire,
Et qu'il entend fort peu le langage des Vers ;
J'en demeure d'accord & ce n'est pas merveille,
Que l'on soit ignorant dans le métier d'autrui,
Nous avons sur la Coupe avanture pareille,
Et j'en prends pour témoin ton Poëme aujourd'hui,
Si tu fait bien des Vers, tu sçais peu la Peinture.
Jamais dans ce bel art tu ne fus grand Docteur,

Moi j'ignore du tien la regle & la mesure,

Et je suis sur la rime un fort pauvre Orateur.

Mais nous ferions pourtant un ouvrage sublime,

Si nous voulions tous deux faire une liaison,

Car on trouve en tes Vers l'éloquence & la rime,

Et moi de mon côté j'ai toute la raison.

Les Vers que l'on venoit de lire, & qui servoient d'envoy à Monsieur de Moliere, firent souvenir quelqu'un de la Compagnie qu'il avoit une Lettre assez galante, que l'on avoit envoïé à une Dame. Il proposa d'en faire lecture, & on la trouva écrite en ces termes.

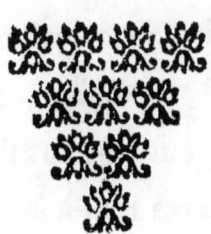

LETTRE

A MADAME D····

Que l'Auteur difoit être trois personnes en une feule.

Qui fefterai-je aujourd'hui, Madame ? vôtre raifon, vôtre cœur, ou vôtre enjouëment ? Je veux vous faire un bouquet, & j'y fuis embaraffé. Que n'êtes-vous plus fimple & moins délicate.

Vous feule vous en vallez trois,

Le moral, le plaifant, le tendre,

Egalement chez vous toûjours fe font entendre ;

Et vous avez tout à la fois,

Le Moral, le plaifant, le tendre.

Sans ce refrain, je ne fçavois que

.lire ; heureusement il s'est-là pre-
senté tout à propos pour me tirer
d'intrigue : car ; mais ce car est-il là
fort necessaire? Au lieu d'un long &
ennuïeux raisonnement, n'estoit-il
pas plus naturel de vous dire :

Je parle rarement le langage de Dieux.
Jusqu'ici des nœufs sœurs j'ai peu connu lempire ;
Mais pour faire des Vers, sans qu'Apollon m'inspire,
Il suffit de l'amour que l'on prend dans vos yeux.

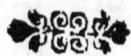

L'on sçait que de ce Dieu la puissance est suprême,
Au grand maître de l'art si nous ajoûtons foi,
Pour bien rimer il faut qu'on aime,
Et qui peut mieux rimer que moi.

N'en riez point, Madame, je n'ai
d'autre talent pour la Poësie que l'a-
mour que vous me donnez, & si je
le crois le meilleur de tous les
Apollons.

Oüi l'Amour eſt un Maître habile,
Il ſçait former l'eſprit, quand le cœur eſt charmé,
Et rien ne paroît difficile
Quand par l'ardeur de plaire on ſe ſent animé.

Mais aprés tout, j'aurai beau faire de bons Vers, vous ne les trouverez
toûjours que fort médiocres. Voulez-vous en ſçavoir la raiſon, Madame, ce n'eſt point parce que
vous en faites quand il vous plaît
de fort délicats; c'eſt parce que
vous ne m'aimez point; d'ailleurs,
vous êtes ſi fort accoûtumée à vous
entendre dire de jolies choſes ſur
vôtre merite, que je ne ſçai comment je puis m'expoſer à vous é-
crire.

Je ſçai ce que l'on dit de vous,
Chacun s'eſt efforcé d'écrire,
Que vous faites des yeux le charme le plus doux,
D'un nouveau tour mes vers pourroient-ils le redire.

Cent autres plus heureux, mais moins touchez que
    moi

Vous l'ont dit tendrement, en vous rendant les
    armes,

Le plaisir de les voir languir sous vôtre loi,

    Vous y faisoit trouver des charmes.

Je n'ai pas ce secours, vôtre rigueur extrême

    Ne permet plus qu'auprés de vous

    L'on dise une fois je vous aime ;

Vous gardez tout pour un aimable Epoux.

    De lui seul vous voulez entendre,

    Les soupirs, les langueurs, l'amour,

Pour lui seul vous avez, un cœur fidele & tendre ;

Aimez-moi, je ferai des vers d'un nouveau tour.

C'est une condition, Madame,
sans laquelle je ne sçaurois rien faire à vôtre gré ; ainsi ce ne sera que
vôtre faute, si vous n'êtes pas con-
tente de mes Vers. Il m'est impossible de rien produire qui vaille, lorsque je suis seul. Que nous ferions
ensemble de jolies choses si vous vou-
liez me tenir compagnie, je m'assure

que vous ne sçauriez répondre à cette
excuse, tant vous la trouverez rai-
sonnable; n'oubliez point cependant,
Madame, quel est mon zele, ni a-
vec combien de respect j'ai l'honneur d'être,

Vôtre tres-humble & tres-
obéïssant serviteur.

On avoit à peine fini de lire,
qu'un Abbé de la Compagnie prit
la parole, & dit qu'il avoit veu du
même Auteur des Vers, que l'on
avoit trouvés dans le monde fort ga-
lans & fort naturels. Ils ont été envoïez, dit-il, à une Demoiselle,
à laquelle on faisoit parler un a-
mour le premier jour de l'an. La
Compagnie le pria de se les rappel-
ler, s'il les avoit sçus autrefois; de
sorte qu'après avoir rêvé quelque
temps, l'Abbé dit qu'un petit A-
mour

mour qui joüoit par un reſſort, for-
toit d'une boëte d'Allemagne, & tenoit à la main ces dix Vers ſur un papier.

Bon jour la bel'e perſonne,

C'eſt l'Amour qui vous le donne.

Je viens pour un tendre amant

Vous ſouhaiter la bonne année;

Rendez-la lui fortunée,

Vous le pouvez aiſément;

Faites-lui voir ſeulement

Plus d'amour & moins d'adreſſe,

Moins d'eſprit que de tendreſſe,

Voila tout mon compliment.

Je vai vous en dire qui ne ſont pas tout à fait ſi honnêtes, reprit un Cavalier ; mais qui ne laiſſeront peut-être pas de plaire par la malice qui s'y trouve.

Une Demoiſelle qui avoit tendre-
ment aimé un jeune homme, dont elle étoit auſſi aimée à l'adoration ;

B b

s'avisa de lui faire une infidelité (il
n y a rien là que de fort commun)
mais elle voulut encore le braver,
aprés lui avoir été infidelle. Je ne
fçai quels fujets elle avoit de s'en
plaindre ; elle lui écrivit une Lettre pleine de railleri··, & l'accom-
pagna d'un bouquet de Sauge. L'a-
mant receut la Lettre, & la ren-
voïa aprés l'avoir lûë, avec le bouquet, & ces quatre Vers autour.

Je ne fuis pas furpris fi ton amour funefte

  Fait ce préfent à ma douleur,

  Ap és m'avoir donné ta fleur,

Tu ne pouvois avoir que des feüilles de refte.

Les Dames & les amants declarez
blâmerent cette réponfe, mais encore
plus celle qui fe l'étoit attirée par fes
railleries hors de propos. Et l'on convint neanmoins que l'amant n'étoit à
pardonner, qu'autant que fa maî-
treffe avoit été trop infolente. Helas! reprit quelqu'un, à quoi fervent

les ménagemens quand on en vient là ? Une fille qui se commet s'expose toûjours, & c'est un hazard quand elle trouve un homme assez honnête pour lui épargner du chagrin. L'inconstance, continua-t-il, est une chose si naturelle à la plûpart des Dames, que je m'étonne qu'elles fassent tant de dupes tous les jours. On ne sçait ce qui peut les fixer. L'argent, reprit le Cavalier, qui venoit de parler, c'est la pierre de touche de la vertu, elle en fait connoître le faux dans les hommes comme dans les femmes : je me souviendrai toûjours de ce que le même Auteur que je vous ai déja cité, a dit fort galamment sur les femmes, cela peut servir de maxime.

Qui se pique d'aimer constamment sa Maîtresse,
Se pique follement de vivre dans l'ennui,
Plus souvent la constance nuit
Que ne profite la tendresse.

Bb ij

Aimons autant que le cœur nous en dit ;

Mais le cœur sans l'argent ne peut rien sur les .
belles ;

On les trouve toûjours cruelles

Quand on a besoin de credit.

Que chacun seurement conte sur sa bourse,

Le merite & l'esprit ne servent qu'à l'orner ;

Qui plaît, mais qui ne peut donner

Voit bien-tôt la fin de sa course.

Pourquoi tant crier contre les femmes, reprit une Dame de la Compagnie. J'admire, Messieurs, les hommes, on diroit que l'inconstance n'est point de leur partage. J'ai des Vers aussi-bien qu'eux, qui justifient que nos foiblesses leur sont communes. Et aprés tout, peut-on rendre raison la plûpart du temps de ces inconstances ? j'en prends à témoin ces Vers.

Cupidon sous les loix de la simple nature

Regit tout ce qu'il fait soupirer ici bas,

Il ne punit jamais rebelle ni parjure;
C'est un empire qui ne dure
Qu'autant que ses sujets y trouvent des appas.

Dés qu'un objet cesse de plaire,
Le commerce amoureux aussi-tôt doit finir,
Le respect des sermens n'est plus qu'une chimere,
La perte des plaisirs qui nous les ont fait faire,
Nous dispense de les tenir.

L'Amour de son destin est toûjours seul le maître,
Et sans que nous sçachions ni pourquoi, ni comment,
Comme dans nôtre cœur à toute heure il peut naître
Il en peut malgré nous sortir à tout moment.

Uiisse qui pour sa sagesse
Fut si celebre dans la Grece,
Quoi qu'amoureux & bien traité,
Refusa malgré sa tendresse
D'accepter l'immortalité,
A la charge d'aimer toûjours une Deesse.

Bb iij

Aimez tant que l'Amour unira vos esprits ;

Mais ne vous p'quez pas d'une folle constance,

    Et n'attendez-pas que l'absence,

     Ou les dégoûts, ou les mépris,

    Vous fassent faire penitence ,

    Des plaisirs que vous aurez pris.

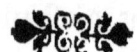

    Quand on sent mourir sa tendresse,

    Qu'on baille auprés d'une Maîtresse,

    Et que le cœur n'est plus content,

Que servent les efforts qu'on fait pour le
    paroître ?

    L'honneur de passer pour constant ,

    Ne vaut pas la peine de l'être.

Brisons là-dessus , dit un Abbé ,
dés que la Dame eut fini de reciter
les Vers précedens , on s'échauffe
toûjours trop sur cette matiere, &
on ne fait pas ordinairement plaisir
aux Dames de la traitter si à fonds.
J'ai envie de vous réjoüir de la
lecture d'un Placet, qui a été don-

né à un des premiers & des plus il-
luftres Magiftrats de ce Parlement.
Le Placet qu'on lut ici fur la Capitation, il y a quelques jours, m'a
donné la curiofité de chercher celui-ci. Vous m'en direz vôtre fentiment.

PLACET

A M. L. P. D. M.

Bien le ſçavez, bon droit a beſoin d'aide ;
C'eſt du Palais l'axiome commún.
Plaideuſe pauvre, ou ſans amis, ou laide,
Mal aiſément gagne procés aucun :
Tout Juge n'eſt, Seigneur, comme vous êtes ;
Ainſi qu'un roc au milieu des tempêtes,
Inébranlable aux efforts ſeduiſans
De deux beaux yeux, des amis, des préſens.
Non que portiez au ſein un cœur farouche,
Bien ſçavons-nous que la beauté vous touche,
Et que par vous Amour vit maintesfois
Belle inhumaine aſſervie à ſes loix ;
Bien ſçavons-nous auſſi qu'amitié tendre
Loge chez vous, qu'un ami malheureux
Jamais en vain n'oſa de vous attendre

Dans ſes beſoins des ſecours genereux ,

Egalement amis , parens , maîtreſſe ,

Trouvent en vous pour la ſocieté

Eſprit facile , & cœur plein de tendreſſe.

Mais, êtes-vous au tribunal monté ,

Lieu redoutable , où Themis elle-même

Se dépoſant de ſon pouvoir ſuprême

Vous met balance & glaive entre les mains ,

Pour en ſa place y juger les humains.

Là dépoüillé même de la nature ,

Plus n'écoutez la flateuſe impoſture

De l'amitié , du ſang , ni des amours :

Quant aux préſens , mention n'en doit être ;

Ce ſont appas , ce ſont foibles recours ,

Qui devant vous point n'oſeroient paroiſtre ;

Mais je l'ai dit , tout Juge n'eſt ainſi.

Trop en eſt-il , qui ſe laiſſent conduire

Par l'amitié , par l'interêt auſſi ,

Et par l'amour, bien plus docte à ſeduire ,

En ai connu qu'amour tant gouvernoit ,

Que gain de cauſe à coup ſûr il donnoit

A tout objet qui lui ſembloit aimable

Au demeurant Magistrat équitable.

Dans tout procés que femme entreprenoit ,

Trois points sans plus il vous examinoit.

Si jeune étoit , si belle la Cliante ,

Et si d'humeur à ses desseins pliante ,

Jugement seur , puis étoit prononcé ;

Mais une fois fut bien embarassé.

Il rencontra deux adverses parties ,

L'une brunette , & l'autre aux blonds cheveux

Qui de merite également loties ,

Egalement attiroient tous ses vœux ,

Tout ce qui peut inspirer la tendresse ,

Jeunesse , taille , enbompoint , gentillesses

Si bien étoit entr'elles partagé ,

Que Paris même entr'elles n'eût jugé ;

Quant à l'humeur , quant à la complaisance ,

Comme de cire encore elles étoient ,

Joint que les deux en amour apportoient

Tant seulement , d'obstacles ou d'aisance ,

Ce qu'il en faut pour ne pas rebuter ,

Ce qu'il en faut pour ne pas dégoûter.

Or bien , voïez qu'en bonne conscience ,

Et fans trahir juftice & probité
Point ne pouvoit le Juge être porté,
Plûtôt de l'un que de l'autre côté ;
Il prend cent fois, & reprend la balance,
Vous l'euffiez veu dans un profond filence
De leurs appas faire eftimation,
Avec fueur, avec attention ;
Des deux côtez pieces il examine,
Il vous en fait maintesfois revifion :
Et tant enfin fur la chofe rumine ,
(Car là-deffus jamais n'étoit oifif,)
Qu'il découvrit l'article décifif.
L'une des deux, c'étoit je crois la brune,
Avoit jadis par mauvaife fortune
Fait un enfant : & les enfans, dit-on,
Quoique d'ailleurs le beau fexe en publie
Gâtent toûjours en plus d'une façon
Les lieux charmans par où font leur fortie :
Or ce défaut par le Juge noté,
Fut dés l'inftant au procés imputé :
Pour trancher court, Sentence fut donnée,
Et celle-ci pour avoir enfanté,

Avec dépens fut par lui condamnée.

   Mais, direz-vous, à quoi bon faire ici

Tout ce discours ? à quoi bon ? le voici.

Une sœur j'ai, qui n'est jeune ni belle,

Moins riche encor, & c'est-là le tant pis ,

A, toutefois, ores sur le tapis ,

Cause importante, & plaideuse querelle;

Si par malheur, qui trop peut arriver ,

   Dans son procès Juge vint à trouver,

Comme à celle dont j'ai cité l'exemple ,

Et sur sa piece avise la juger ;

Son droit seroit en évident danger ,

Non qu'elle n'ait piece correcte & amples

Mais c'est cela justement qui feroit

Qu'avec dépens on la condamneroit.

   A donc, Seigneur , j'ai recours à vôtre aide,

Accordez-lui vôtre protection,

Avec ce bien fût-elle encor plus laide,

Moins riche encor, sans appréhension ,

Elle verra présens, beauté , jeunesse ,

Iniquité , cauteleuse finesse ,

   S'armer contre elle, & faire maint effort;

Un mot de vous plus puiſſant & plus fort
Renverſera leur projet inutile.
Partant, Seigneur, prenez en main le ſtile,
Et ſignez-lui quelques gentils Placets ;
Er ſi voulez par complaiſance extrême
Recommander de bouche ſon procés,
Au Rapporteur la preſenter vous-même ;
C'en ſeroit trop, & pourtant ne mettrois
Ma main au feu que n'allaſſiez le faire ;
Si, dis-je ainſi, voulez prendre l'affaire,
Bien faudroit-il vous laiſſer ſatisfaire,
Er pour cela ma femme ne battroit.

Aprés qu'on eut lû ce Placet,
un Cavalier dit : Si j'oſois je vous
ferois la lecture d'un petit Conte en
forme d'Epitaphe, qui m'eſt tombé
entre les mains. C'eſt d'une jument
que Mylord S... montoit ordinairement, quand elle alloit à la chaſ-
ſe. M... Elle tomba malade, & ſa
jument mourut trois jours aprés,
de douleur & de crainte que ſa

Maîtresse ne mourût. L'on a feint que c'étoit un amant metamorphosé en jument qui avoit eu cette délicatesse ; mais elle n'est gueres des amans de ce temps-ci. Vous allez voir ce que c'est.

EPITAPHE

EN FORME DE CONTE, de la jument de M. S. qui mourut le troisiéme jour, de la maladie de sa Maîtresse.

P Assant contemple ce Tombeau,

Il renferme un miracle unique en son espece,

Car il y gît un corps, mort de trop de tendresse,

As-tu rien veu de plus nouveau ?

De qui ce corps, dis tu ? Passant ne t'en étonne,

Tu peux même essuïer tes yeux ;

C'est d'une bête : mais l'exemple qu'elle donne

Pour n'être suivi de personne,

En est encor plus curieux,

Je vai t'en apprendre l'histoire.

Un amant digne de memoire,

Sensible pour tous les appas

D'une belle un peu trop cruelle,

Aima mieux que d'être infidelle

Se livret aux horreurs d'un tragique trépas.

Il ne pouvoit faire pis, sur mon ame,

Il avoit tort de se laisser mourir,

Dira quelqu'un, car sa flâme

Eut été facile à guerir.

C'étoit un sot : pas tant, écoutez, & pour cause,

Rien ne puis obtenir fait de cette façon,

Dit il, aïons recours à la metemphicose :

Sus, mourons, vîte, & de garçon

Devenu jument pour lui plaire ;

C'est-là tout juste son affaire.

Vrai que serai dessous & la belle dessus :

Mais il est des plaisirs de plus d'une maniere ;

Ne perdons point le temps en discours superflus,

Ceci soit dit, à qui peut tout entendre,

Je veux laisser à comprendre

Le mystere ici renfermé.

Il n'est fait pour aucun profane,

Point ne faut cependant avoir un si beau crane ;

Mais

Mais fe voir quelquefois par l'amour animé.

Dés que l'amant fut mort, fon ame impatiente,

Alla s'unir au corps d'une belle jument,

  Alzanne étoit & de noire criniere,

 De poitrail large, & de ronde croupiere,

Telle qu'on la feroit par art d'enchantement.

  Sa complaifance étoit parfaite,

  Point ne lui faloit de gourmete;

  Elle obéïffoit à la voix,

  Allant plus doux qu'une nonete,

  Ne fuit fon amant dans un bois.

  Le nôtre devenu monture,

  Contre le cours de la nature,

Goûtoit plus de plaifir dans fon fort de cheval

  Qu'un Evêque fait Cardinal.

Mais les Dieux qu'il ne put calmer ni fatisfaire,

Jaloux de fon bonheur, animez de colere,

  Pour fignaler leur barbare pouvoir,

  Contre l'amant à la maiftreffe

Lâcherent de l'enfer une fievre traîtreffe,

  Fille de tout defefpoir.

Il en fentit le coup, & fut par fimpatie

     C c

Dés ce moment accablé de douleur,

Languiſſant, incertain, ſi les Dieux en fureur

Voudront bien accepter ſa vie,

Pour celle qu'il adore & qu'il ſçait en danger :

Grands Dieux , dit-il , qui voulez vous venger

De mon ſort qui vous fait envie ,

Donnez moi le contentement

D'expirer ; je ſens ma foibleſſe

Venir , helas ! trop lentement.

Voudriez-vous me punir juſqu'à voir ma maîtreſſe

Déſcendre dans le monument ?

Non, grands Dieux, je ſuis innocent ,

Daignez me recevoir pour elle ,

Ou bien ſi voſtre Arreſt ne peut ſe revoquer,

Malgré vous ma douleur mortelle ,

En prevenant ce jour ſçaura me ſuffoquer.

En achevant ces mots la Parque officieuſe

Coupa la trame de ſes jours ,

Et rendit à nos vœux la vie précieuſe

Par qui triomphent les amours.

A suivre un exemple si rare,

Passant des beaux objets charmé,

Il faut que ton cœur se prepare,

Ou qu'il n'attende pas d'être jamais aimé,

C'est la constance qu'on remarque,

L'on doit être petri de cette qualité ;

Car si d'amour la mort en la plus seure marque,

L'Amour devient le fruit de la fidel'té·

On fit aussi, continua celui qui venoit de lire, une autre petite Epitaphe que voici.

Passant qui vois ce Monument,

Que le sort de cette jument

T'apprenne que la mort n'a rien d'affreux en elle,

Pour un tendre & fidele amant ;

La plus noble & la moins cruelle

Est de mourir pour une belle,

Et de mourir de sentiment.

L'on trouva cette petite pensée neuve ; & comme je n'ai plus rien à

mettre ici ; je dois faire difperfer mon
Affemblée. Chacun s'en alla donc de
fon côté, parce que je fuis à la fin de
mon Livre. Qui du Lecteur ou de
moi en fera plus content ? je ne le fçau-
rois dire. Il a fur moi au moins cet
avantage, qu'il a pû l'abandonner,
dés qu'il a commencé à en être fatigué, & qu'il y a même pû choifir les
pieces les plus paffables. Vous n'a-
vez pas bonne grace, dira-t-on, de
parler ainfi d'une chofe que vous a-
vez faite, l'on vous en croira fur
vôtre parole ; vous aviez la liberté
de ne rien entreprendre, fi vous ne
pouviez rien faire de meilleure. Je
l'avoüe ; mais toutes les pieces qui
font entrées dans ce Recüeil étoient
faites avant qu'on le commençât: des
befoins preffans m'ont fait les affem-
bler, & je dois dire que pour les
pechez du public, je n'ai pas eu le
temps de choifir, & qu'il a falu grof-
fir le Livre pour lui donner du cours
par fa rondeur ; qu'on l'achete, fi

l'on veut, je consent qu'on ne le lise pas : Voilà une idée vraïement comique.

J'entens un Critique qui prend la chose fort sérieusement. Il devroit être deffendu, dit-il, d'abuser ainsi de la credulité du monde ; on achete de bonne foi, on devroit vendre de même. Ah ! que vendroit-on, lui dis-je ? Et aprés tout, qui est-ce qui manque de bonne foi ? Un Marchand cherche à débiter sa marchandise, y a-t-il rien de plus naturel ? Souvent un Libraire vous vend un Livre rempli de fadaise, qu'un Auteur entêté de lui-même a fait imprimer ; si ce Livre ne vaut rien, est-ce à lui qu'il faut s'en prendre, n'est-ce pas à l'entêtement de l'Auteur : Mais qui vous a dit le contraire ? Est-ce le titre qui vous a prévenu, ou l'affiche qui vous a trompé, en publiant que c'étoit un Ouvrage merveilleux. Non sans doute ; on vous a laissé la liberté d'en juger, on vous a seulement convié de le lire. Oüi, réprend mon Critique, mais il en coute, & si le Libraire est dans la bonne foi, vous n'en sçauriez trouver à à l'Auteur. Pardonnez-moi, lui dis-je, ils n'en manquent ni l'un ni l'autre, rien n'est plus facile à comprendre. Un homme qui compose, est censé faire de son mieux, & il est si plein de lui-même, qu'il ne se croit capable que de produire de l'excellent. Il vend, & fait vendre pour tel son Ouvrage, il est dans la bonne foi ; car il le croit. Plus son Ouvrage est meprisé, & plus il est entêté de le donner lui-même au public ; le secours de quelques amis, prévenus sur l'esperance du gain, lui est d'un grand secours, pour faire les avances & les frais de l'impression ; le Libraire par grace, veut bien prêter son nom pour le debit, & l'expose au public, paraphé pour un tel prix ; que lui importe que vous l'achetiez ou non ; il en sera quitte pour

rendre les exemplaires à l'Auteur, &
l'Auteur pour se venger de l'ingratitude du public, ne manque pas de
les vendre à la beurriere. En quoi
peut-on dire qu'ils aïent tort ? serace
d'êtres ignorans ? la science dépend-
elle de nous ? il y a plus d'une sorte de
moïens pour l'acquerir. Tel que vous
blâmez d'avoir fait un mauvais
Ouvrage, n'en auroit peut-être jamais commencé, s'il eût eu les
moïens d'en faire un bon. La nature
refuse à certains Auteurs le sens
qu'il faut pour se connoître. Aprés
tout, je souhaite qu'il y ait bien
des gens qui blâment celui-ci, c'est
tout le succés que j'en attend ; ainsi
qu'on le critique, qu'on en médise,
qu'on le jette au feu, je proteste par
avance, que je n'en aurai point de
chagrin, pourveu qu'on l'achete.

FIN.

TABLE
DES
MATIERES.
Contenuës dans quelques pieces de ce Livre.

DES MATIERES.

TABLE

DES MATIERES.

Fin de la Table des Matieres.